高村光太郎と尾崎喜八

北川太一

編・石黒敦彦

蒼 史 社

ブックデザイン　山室眞二

はじめに

本書は北川太一氏が尾崎喜八研究会の「尾崎喜八資料」誌に書かれた尾崎喜八と高村光太郎についての文章を集めた第一部と、シンジュサン工房から刊行されたツマキ文庫の『配達された「五月のウナ電」』（二〇〇四年）全文、それを補足する尾崎喜八の高村光太郎と星見表についての短文「光太郎向学」を加えた第二部によって構成した。

「尾崎喜八資料」は二〇〇〇年、尾崎喜八の妻・實子の逝去とともに十六号で中断し、未発表となった記事を二〇一九年、故・満嶋明氏のインターネットサイト「詩人尾崎喜八」で特別号第十七号特集「尾崎喜八と高村光太郎・後編」を公開した。本書の第一章はそうした中で寄稿されたものが中心である。

「尾崎喜八資料」も限定版のツマキ文庫も、少数の尾崎喜八・高村光太郎に関心のある人々の手にしか届かない冊子であった。それにも拘わらず、北川さんからは二人に対する愛と熱意に満ちた論考をいただいた。二十一世紀も四分の一が過ぎ、北川さんも亡くなられた今、百人に満たない読者の記憶とともに、北川さんの遺された「高村光太郎と尾崎喜八」についての未完の探求が封印されてしまうことは、「尾崎喜八資料」を編集していた者として、以前から耐え難い思いがあった。

その連載途中で「尾崎喜八資料」は尾崎實子の逝去とともに中断してしまったがそれでもこれだけの論考が残っている。

それらに加えて、この高村・尾崎研究の行き来、高村光太郎連翹忌と尾崎喜八蠟梅忌の交流の中から夢のように生まれた高村さんの失われた詩篇「五月のウナ電」をめぐる論考を加えて一冊の書物を編み、北川太一さんの生誕百年の年に捧げたい。

掲載を許可していただいた著作権継承者の北川光彦さんに感謝申し上げます。

「書物はそれ自身の運命を持つ」　この一冊が、北川さんの「高村光太郎ノート」シリーズ（蒼史社および文治堂書店）とともに、未来に向けて読み継がれていくことを願っている。

石黒敦彦　山室眞二

目次

◇本書をお読みになる方へ

本書第一部は北川太一さんが『尾崎喜八資料』に寄稿した論考である性質上、高村・尾崎（以下、名前略）および当時の白樺派などについての知識をすでに持つ読者や『資料』購読者を前提として書かれているところがあります。はじめて読まれる方のために、各章のタイトル頁の裏に登場人物とその生没年を、第一部の終わりに主要事項解説として添付いたします。できれば、それらを事前に参照しつつお読みくださるよう、お願い申し上げます。

〔石黒〕

第一部　高村光太郎と尾崎喜八

島津謙太郎のこと

主要人物生没年　（順不同）

尾崎喜八　　明治 25－昭和 49 年(1892-1974)

高村光太郎　明治 16－昭和 31 年(1883-1956)

大藤治郎　　明治 28－大正 15 年(1895-1926) 東京市本所区生。詩人。中学卒業後、貿易店員となって独仏英に渡る。帰国後、政治雑誌「東方時論」の編集、「読売新聞」などに寄稿。

草野心平　　明治 36－昭和 63 年(1903-1988) 詩人。中国広東の嶺南大学芸術科に学ぶ。詩誌「銅鑼」(1925-1928)「歴程」(1935 創刊) を刊行した。1925 年に高村光太郎と知り合い親交を深める。

扉の写真

雑木林の自像。昭和 8 年 (1933)。尾崎は撮影場所を「杉並向井草低地」と記している。写真家としての尾崎の会心の 1 枚。

あれは昭和三十二年、高村さんの二冊目の全集が間もなく出来上ろうとする五月はじめのことでした。舞踊家黛節子さんのリサイタルが呉服橋の大和証券ホールで催されたその一夜、レパートリーの中に「智恵子抄」が含まれていることから、御招待をうけたことがあります。尾崎さんや志賀（直哉）さん御夫妻と見た舞踊「智恵子抄」の印象は、ここではしょることにして、会が終ったのは九時近かったと思います。全集作りにかかりきりだった私への、その編纂委員でも、また「刊行のことば」の筆者でもあられた尾崎さんの、ねぎらいのお気持だったのでしょう。「どこかでお茶を」というお誘いに初夏の夜の爽かな風に吹かれながら、ぶらぶら歩きのおともを楽しみました。「智恵子抄」で上気した心に、お話といえば当然高村さんの思い出で、なにしろ戦前の高村さんのことなら、その生活のすみずみまで御存知の尾崎さんです。あたたかく、まろく、幾らか内にこもるお声で、もしかするとすこし高村さんに似たのかもしれません。はじめてうかがうあれやこれやのお話に、それは全くしあわせな時間でした。それに、こちらにも是非お聞きして置きたいことがあります。島津謙太郎のこともその一つでした。小さな喫茶店に落着いたあとで、久しく気にかかっているその名前を、もしや御存知ではないだろうかとおたずねしてみました。大正十二年五月号の雑誌『詩聖』に、島津謙太郎という人が「高村光太郎論」を書いています。本文から推測すると、筆者は東京に旅して来た無名の一青年で、高村さんには一面識もなく、ただ一冊の古い『明星』を傍にこれを書いたというのですが、詩壇を見通す広い視野に立ち、光太郎への世俗の批難に一々的確な反論を加えながら、「総じて此の詩人の詩から受ける感銘は、ありあまる空気に満ちた大空と、柔かに波うつ地平線とから受けるものに等しい。其上にいささかの物惜しみもなく、毛ほどの下品もなく」「氏にとっては日常のあらゆる些事が、生の細部《ラヴィデタイエ》である。それは一箇の彫刻の全体の一部を形作る面《プラン》である」と書く共感と熱愛とに満ちた光太郎論を展開し、その魂に於て「真に民衆的な、たのもしい、明るい、そして其の情操に於て高貴で堅固な此の詩人」に対する篤い期待の呼びかけに終っています。これはいわば深く共鳴する同伴者の側からの詩人論、むしろ頌歌の傑作といってもいいでしょう。勿論、尾崎さんは当時高村さんと最も近い場所におられた方の一人です。この見事な光太郎論を見ていない筈はありません。『詩聖』といえば、尾崎さんの主な活動の舞台の一つです。一生懸命の探索の網にもかからないこの島津という人を、尾崎さんは御存知ないだろうか、というのが私の期待でした。いち早く、こんなにも深い理解を高村さんに示した人を、どうしても知りたかったのです。島津謙太郎の名が出た時、尾崎さんのいつも大きく見開かれる眼は、いっそう大きくこちらを見返し、勢込んだ話をじっと聞いておいででしたが、やがて、まるで少年のようにはにかみ、思いなしか頬を染めて御自分をお指しになり、微笑を浮べたお口が「あれは、僕」とぽつんと囁かれました。あっけにとられたのはこちらの方です。「え?」と思わず聞き返すと、「あれは、僕」と今度ははっきりおっしゃって、どぎまぎしている私に、なつかしげに話しはじめました。『詩聖』の編輯には当時大藤治郎が当っていたのだけれど、毎号新人による詩人論募集の企てがあり、しかしはかばかしく原稿が集まらなかった。困っている大藤をみて、一ついたずらをしてやれという気もあり、高村論が一向に現れぬ口惜しさも手伝って、わざわざ本文を細工し、島津謙太郎の名に仮托して、この光太郎論を投稿した。むきになって書いたので、言いたい事を言っている処もあり、大藤は大喜びでその原稿を自分に見せ、こんな素晴しい光太郎論が来た、これほどは尾崎にだって書けないだろうと、無名の新人の出現を祝福したのはおかしかった。およそそんなお話です。ああ、そう言われて読み返せば、大正十二年という時期に、これが尾崎さんでなくて誰に書けたでしょう。全集研究篇につけた年譜の中で「島津謙太郎(尾崎喜八)」と註記することが出来たのは、そんなことがあったからでした。この論文はそれから尾崎さんのものとして研究者達に幾度も引用され、高村さんについて書かれた初期の最も大切な文献の一つになっています。東京駅でお別れした尾崎さんの、その後姿をお見送りしながら、いつもきちんと折目正しく、御自分の生活法をくずされない尾崎さんの中に渦まいている、熱く激しい情熱や誠意、ことに高村さんへの強く無私な敬愛を考え、日本橋、新川あたりに育たれた東京下町の——高村さんともすこし色合いのちがう——明るい機智さえ肌身に感じて、身内のほてる思いを、大切に心にたたみこんだことでした。

『歴程』一九七四年四・五月号（尾崎喜八追悼号）

尾崎さんと高村さん

―『聖母子像』をめぐって―

主要人物生没年　（順不同）

ホイットマン　Walter Whitman(1819-1892)

高田博厚　明治33－昭和62年(1900-1987)

高村智恵子　明治19－昭和13年(1886-1938)

江渡狄嶺(幸三郎)　明治13－昭和19年(1880-1944)

水野葉舟　明治16－昭和22年(1883-1947)

水野(尾崎)実子　明治38－平成14年(1905-2002)

柳　敬助　明治14－大正12(1881-1923)

更科源蔵　明治37－昭和60年(1904- 1985) 詩人、アイヌ文化研究家。

北原鐡雄　明治20 －昭和32年(1887-1957)主要事項参照。

土方定一　明治37－昭和55年(1904-1980)詩人・美術史家。神奈川県立近代美術館館長。

窪田空穂　明治21－昭和42年(1877-1967)歌人・国文学者。

徳田秋聲　明治5－昭和18年(1872-1943) 小説家。

足助素一　明治11－昭和5年(1878-1930)叢文閣創業者。

佐藤惣之助　明治23－昭和17年(1890-1942) 詩人、作詞家。

扉の写真

高村光太郎「聖母子像　尾崎喜八水野実子両君結婚の日」

塑像・ブロンズ　26.0×9.6×14.0cm　個人蔵

P25 の写真　聖母子像の底面　「大正十三年三月二十日贈之尾崎喜八水野実子両君結婚の日」の記の下に「光」のサイン。

一　砂川の土蔵

昭和三十一年の春、高村光太郎さんが亡くなって、尾崎さんや草野心平さんのお骨折りで筑摩書房から『高村光太郎全集』が出ることになった時、近親者を除けばおそらく高村さんの生涯にいちばん長くかかわり続けた尾崎さんからは、沢山のことをお聞きして置かなければ、と思いました。実際にあの時、全集刊行の推進役をつとめておいでだったのは草野さんですが、草野さんもまた尾崎さんを大切に思っていて、「刊行の言葉」は尾崎さんにお願いし、実務を担当していた私の、月報にもできるだけ何度も書いていただきたいという希望に、賛成して下さいました。

結局、その企ては尾崎さんのお忙しさもあって二つの「思い出」、「ラコツチイマアチ」と「上河内」に終りましたが、これはいま読み返してみても、かけがえのないお二人の交友を語る文献になっています。

こんなことから書き始めたのは、実はその時から気にかかっている一つの事があったからです。昭和三十二年七月の第四回配本、『全集』第六巻の月報に書かれた最初の文章は、いま「ラコッチイ マアチ」として知られていますが、大正十年十二月の雑誌『明星』に発表されたはじめには、「ベルリオの一片」の題名と「『ベルリオ自伝と書翰』の訳者わが敬愛する詩人尾崎喜八氏に献ず。」という添え書きを持っていた高村さんの詩に関する回想でした。

　詩における高村さんの決定的な復活、そしてその生涯の一つの峰ともなった「雨にうたるるカテドラル」と、これもまた尾崎さんと関わりある「米久の晩餐」にはさまれて、百二十一行に及ぶ——後に六十八行に改作されましたが——この長大な詩が、どんな雰囲気のなかで作られたかを、二人の詩人の息づかいが聞えるほど生々と、この文章は写し出しています。しかし、それ以来いつも心の中にあったのは、次のような一節でした。

「高村さんはその『明星』を私に送ってくれただけでなく、この長い詩の全文を鳥の子紙に墨を使って金ペンで細書して、おまけにその字の上をたいき(鯛の牙)で磨いてつや出しをして、絹の打紐で綴ぢた美しい小型の本にして贈呈してくれた。

私はその時の感激を今日でもまざまざと思い出すことができる。その記念の自筆本は今都下砂川町の農家の土蔵の中に眠つているはずである。」

昭和二十年五月青山南町六丁目の家を失った尾崎さんが、終戦をはさんで半年ほど寄寓されたのは、当時の高村さんの人名簿に「北多摩郡砂川村四四」と記されている親戚、尾崎梅太郎さんのお家でした。

高村さんの全集を編んでゆく道すじでは、実にたくさんの方々から、たくさんの資料や助言をいただきました。さまざまな示唆を尾崎さんからもいただいたのは当然のことですが、残念なことに、尾崎さんのお家には全集に関する資料は、ほとんど無かったのです。いま僅かに記憶に残っているのは、尾崎さんの坐右にあったThe Scott Library に入っているホイットマンの "Specimen days" でした。高村さんは大正十年九月、『自選日記』としてその翻訳を刊行した時、序文でこの版本に触れていますが、尾崎家にあったのは、まさに高村さんが身辺に置いて参照した署名のある旧蔵本でした。本文にしばしば現われる動植物名は高村さんを悩ませたものの一つですが、自然についての尾崎さんの知識は、高村さんの仕事を助けました。そのためにこれは尾崎さんの手もとに移されたものでしょう。組み方に杜撰《ずさん》なところのある訳本の章節を訂すのに、この本は役立ちました。

しかし、例えば尾崎さんに宛てた高村さんの書簡に至っては、一通の現物も有りませんでした。あとでその幾つかがみつかりましたが、おそらく百を単位に数えなければならなかった筈の手紙です。全集に収められた唯一通の手紙は大正十一年六月号の『詩聖』から転載したもので、親愛と期待に溢れます。

「御葉書見ました。あなたの二つの詩集を私がどんなにたのしみに待ってゐるかは、恐らくあなたの想像以上でせう。あなたが詩の世界に出て来た事は、私等の心強さを増す事です。

唯一至上のもの、さうです。それより外はありません。その命ずるままに各自が生きるより外は。そして日常の瑣事が悉く光を発して詩歌となる世界へ入る事です。

私はこの頃自分の内の火の、自分一個のものでない事を驚き感じてゐます。この炎に形を与へることこそ一大事。」

充実し、緊張した手紙のやりとりが、数繁く行われただろうことは、この一通の書簡からさえ想像できます。そしてそれがいま残っていたら、素晴しい往復書簡群が、日本の近代にかかわるある人間精神発展の歴史を、直接に証言しただろうと思います。不幸にして高村さんのアトリエは尾崎さんの手紙も含めて烏有に帰しました。尾崎家にあった高村さんの手紙類も、同じ運命をたどったのでしょうか。尾崎さんはその形成期から抜き難い敬愛をもった高村さんにまつわるさまざまなものを、ことさら大切に戦禍からまもるため、一括して保存しようとしなかったでしょうか。転々とする戦時の生活の中で、たいきで磨かれたあの詩稿を取り出す用意のあった尾崎さんなら、それはありそうに思われます。そしてそれがもしあるとすれば、砂川の土蔵に違いありません。

尾崎さんの生前、土蔵の整理について、何度か触れたことがありましたが、折を見てというお返事のまま、そのことはとうとう果されずに終りました。おそらく尾崎さんは、かえりみることよりも、豊饒な収穫の季節にお忙しかったのだと思います。

二　聖母子像

尾崎さんが亡くなって十年を迎えた昭和五十九年秋、いつか「木の実がうれるように」と書いた尾崎喜八研究会が発足し、翌年二月の蠟梅忌には『尾崎喜八資料』が創刊されました。砂川町の土蔵のことが新たに思い起されたのは、そんな機運の上でだったでしょう。土蔵そのものについて、またその整理の経緯については、尾崎栄子さんや石黒敦彦さんが記録して置いて下さるといいと思います。四月二日は高村さんの連翹忌で、いつも尾崎実子夫人がおいで下さいますが、三月に入って夫人から、出席のお返事とは別に「珍しいものが出て来たから写真をお見せする。おたのしみに。」という意味のお葉書が届き、この年の連翹忌はこと更に心はずみました。そしてその時、砂川の土蔵から出て来たのだ、と言っていただいたのは、思いがけずブロンズ像の二枚のカラー写真でした。ブロンズ像だけ写した方はピントがはずれていてなんとも見分けがつきませんでしたが、縁側に腰かけて、夫人が膝に抱いているのは、高さおよそ三十センチほどの母子像のようです。「焼けたとばかり思っていたが、高村さんからいただいて、尾崎がいつも机の上に置いていたもの。」そんなあらましのお話でした。高村さんが母子像を作ったということは聞いたこともありません。ともかくももっとはっきり写った写真が欲しいと、重ねておねだりしたことでした。四十年ぶりに手をつけた砂川の蔵からは、尾崎さんが写した六百枚にも及ぶ手札サイズの乾板が現われたという話も伝わって、期待はどこまでも広がってゆきました。その待ち望んでいたブロンズ像の、さまざまな側面から写した五枚の写真が届いたのは、六月も二十日を過ぎた頃でした。

あきらかにこれは西欧の母子像です。うつむき加減の母は物思い、幼児は母の膝で、おそらく乳房を求めているのでしょう。写真からだけでも、その気品あるやす

ブロンズ像底面

らぎに満ちたおもかげは感じられます。そして驚いたことに底の部分には、高村さんの手で、金色の絵具を使ってこんな文字が書かれているというのです。

「大正十三年／三月／二十日／贈之／光

尾崎喜八／水野実子／両君結婚の日」

ブロンズの底に金色の絵具で署名する先例は、よく知られた「裸婦坐像」の場合にもあります。これは疑いもなく高村さんの、尾崎さんご夫妻への結婚のお祝いです。それにしても「贈之／光」が作り手としての署名を含むものなのか、或いは単に贈り手としての署名なのかに戸惑いました。自分の作品として高村さんがこのテーマを選ぶとは、やはりどうしても考えられません。栄子さんの計測によれば高さは二六・五センチ、幅は台座のところで一〇・五×八・五センチだと言います。

明らかに高村さんの贈り物であるこの母子像には、これをことさらに新しく出発するお二人に贈った意味がある筈です。どうしても実物を見せていただかなければ、と思いながら、どれほど白黒、八つ切の写真の母子像を眺めていた事でしょう。そして不思議な思いに駆られながら眺めていた母子像が、いつか親しく、見馴れたものに思えてくるのに気がつきはじめました。「どこかで見たことがある」。思わず「あっ」と声をあげました。「ミケランジェロ!」。書架にとんでいって取出したのは、戦後間もなく土方定一さん達が編集して刊行された平凡社の『世界美術全集』第十七巻、この「ルネサンスII」の巻には、高村さん自身が力のこもったミケランジェロ評伝を書き、幾つかの作品解題ものせています。もどかしく頁を繰ってもう一度声をあげました。発見した「聖母子」の図版は、その角度も大きさも、尾崎家の「聖母子像」の写真と瓜二つではありませんか。高村さんはこの作品に、こんな解説を書いています。

「これもサン・ロレンツォ寺のサクリスティに置かれている大理石像で、置き場所は後人の配慮のまま甚だ不適当なものになつている。この大理石像はミケランジェロのよさをしんから語つているものと私は考えて、多くの人の鑑賞以上に高く見ている。これも九分通り完成だが、その彫刻としての美質は筆紙に尽しがたい。質朴な、謙虚な、苦労に耐えた、この中年の女性。題は聖母であるが、たしかにこれは当時の一般市民階級の一母性を心に抱きながら作ったにちがいないと考える。この一つの唐突な突起もない彫刻、じみな手法、衣服のひだの控目な彫り込み、右の腕による右側面の平坦さ、これらに対する左側面の変化、すべてが彫刻そのものである。」

この大理石像は、高さ二〇七センチ、ミケランジェロの一五二四～三二年の作品。明治四十二年三月三十一日から四月二日にかけてのフィレンツェ滞在中、若き日の高村さんは、どんな思いをこめてこの「聖母子像」を仰ぎ見たことでしょう。素材もちがう、大きさも勿論ちがう大理石像の、造型構造にまで及ぶ解題には、遠い日の感動がたちこめ、ふと尾崎家のブロンズ像について語っているような錯覚さえ起させます。

この「聖母子像」なら、それをどんなに心をこめて高村さんが賛嘆したか知っています。現に同じ本の評伝の中でも特にこの像に触れ、「殊にこの『聖母子』こそまことに『彫刻』というに値する至高のものを持っていて『ダビデ』や『モーセ』よりも上である。」と言葉を極めます。そう言えばもっと印象的な、もっと情熱的な「聖母子」賛歌を高村さんはどこかで書いている筈です。そしてそれは、すぐ見つかりました。このブロンズ像を尾崎夫妻に贈った翌年、高村さんは『アルス美術大講座』の中に、彫刻の歴史をたどった「彫塑総論」という文章を書きました。その中のミケランジェロと「聖母子」を語る部分は、このブロンズ像を尾崎夫妻に贈った高村さんの想いを、同じ時点で解き明していると言っていいでしょう。読んでいるとなんだか眼がしらが熱くなるようなその文章を、すこし長いけれどここに写し取らないわけにはいきません。

「彼の深い精神的な美は、彼の彫刻に、彫刻始まつて以来殆ど比較す可きものも無い内在的の力を与へました。彼の彫刻の彫刻的なのは、量に対する造型的本能の強さから来る事の外に、彼の精神の内奥にある最も敬虔な、（最も敬虔なるものは常に彫刻的である事に注意せよ）最も静謐な光明の明暗からも来ました。此を最もよく物語るものは、彼の彫刻の中でも最も彫刻的な、メヂチ家の菩提所にある『聖母子』の大理石像であります。私は此程人に迫つて来る彫刻を多く知りません。何といふ気高い、質素な、端麗な、さうしてやさしい愛に満ちた、内の力と美とに恵まれた彫刻でありませう。その彫刻的構造と内に持つものとの此ほど渾一した彫刻も多くはないでせう。人体の此程彫刻的な創造も多くはありません。それは極めて大きな数個の面で出来てゐるだけで、しかも言ひ知れぬ魅力がその間の起伏に潜んでゐます。ミケランジェロの言葉だと伝へられてゐる言に、山の上から転がり落ちても害はれない彫刻こそよい彫刻であるといふ事があります。その伝の真偽は知りませんが、此の説には確かに或る真理が含まれてゐます。最も彫刻的なるものは、斯の如き場合に害はれる所は害ひ尽して後に残つたものであると思ふからであります。ミロのヴェヌスは結局手の無い方が一層彫刻的であると思ひます。此の『聖母子』は斯かる考察から見ても亦最も叡智に満ちたものであります。その直線に近い一側面の何といふ、高潔な事でありませう。その斜めにうつむいた首の何といふ美の深さでせう。さうして此の静かさ、此の安らかさ、此の清浄さ。」

何のつけ加えるところがあるでしょう。早くから高村さんに敬意を持ち、さまざまな才能を秘めながらいま花咲こうとしているその詩人と、生涯の友葉舟水野盈太郎の愛娘、出発の合図を告げる二人のために、「気高い、質朴な、端麗な、さうしてやさしい愛に満ちた、内の力と美とに恵まれた」生涯があるように、高村さんは人間の生んだこの最も素晴しい母子の表現を贈ったに違いありません。

彫刻の造型的な構造に立入る高村さんの文章を見ても、そこにはただ眺めて会得した結論ではなしに、自ら土を取って模刻し、学び、納得したあとがうかがえます。同じような勉強は、渡米中に試みた師ボーグラムの「ラスキン像」の縮小模刻にも見られますが、おそらくこの「聖母子」も、高村さんの真剣な勉強の一つだったと思われます。

新らしい夫妻にそそがれるそんな直接の願いに併せて、もう一つの事実も付け加えて置く価値があるでしょう。大正十一年六月岩波書店から、高田博厚さんの最初の本、コンディヴィ『ミケランジエロの生涯』の大冊が刊行されました。その訳者序の一節、

「この稿は昨年の六月に始めて十二月に終つた。……その間夏から冬にかけて私は親友尾崎喜八君と同じ家に住んでゐた。尾崎君はこの書の後に出るユディト　クラデルの『ロダンの人と芸術』を訳してゐた。（後不時な災難の為に同君はその原稿の半ばを失つたけれども）、昼と夜、互ひに自分の仕事と飜訳にいそしみ、昼自

身の仕事に没頭した事に勇気附けられて、夜訳筆を取り上げたあの生活を、私は忘れる事が出来ない。この本の出るのを楽しみにし、励ましてくれた同君の友情に感謝する。この書をその記念ともしたい。」

そしてその書の巻末にそえた百四十五の写真図版とは別に、特に巻頭に一枚だけ選んだ口絵が、この「聖母子」だったのです。東京外国語学校を中退した二十二歳の青年を岩波茂雄に推したのは、高村さんでした。高村さんをめぐる精神圏のなかで、ミケランジェロや「聖母子」像への愛が共通の了解の中にあったことは、そのことからも推測できます。この本は翌年の震災で焼けて長く稀覯の書でしたが、昭和五十三年二月、岩崎美術社から増補改訂した新版が出ました。但しこの版には「聖母子」の図版は見られません。

昭和二年二月号の『婦人之友』に発表された高村智恵子夫人のエッセイ「画室の冬」はロマン・ロランの「この世界に本当のヒロイズムの形式は唯一つしかない。それは世界をあるままに見て愛する事。」という言葉で終っていますが、これも『ミケランジェロの生涯』の序の中の言葉でした。

三　三月二十日

水野さんとも高村さんとも親しかった特異な田園の思想家江渡狄嶺《えどてきれい》夫人ミキさんの日記（昭46・4『ミキの記録』三蔦苑）は、大正十三年三月二十日高井戸の江渡家での結婚式をこう記録しています。

「尾崎さんの結婚日なり、お母さんお出でになり、水野家よりは御母堂・大久保さん・高村さん・水野さんお出でになる。尾崎さんより、折を五人分頂く。吉田先生お出でになる。金久保さんも来らる。」

この日尾崎さんの介添えをしたのは江渡さん。実子夫人の介添えは高村さんが引受けました。

年代記風に書いてみますと、尾崎さんが京城の朝鮮銀行に赴任したのは大正八年十二月、翌年には銀行勤めに見切りをつけて東京に帰り、本郷西片町の下宿に住んで詩を書き始めます。高村さんのところには歩いて行ける距離。高田さんと出会ったのはその駒込林町のアトリエででした。一緒に住んだのもこの下宿でしょう。そして同じ年、高村さんに伴われて平塚村字下蛇窪の水野家を初めて訪れ、満年齢で言えば十五歳の長女実子さんとの運命的な出会いを持つのです。以後水野家への訪問は足繁く、実子さんは恐らく、詩人形成に最も大きな役割りを果たしました。嘉納忠明さんの編んだ丹念な書誌（昭60・2『尾崎喜八資料』創刊号）を見ても、大正十年詩人としての出発の最も早い時期に、「まるでシンデレラのやうに／いつも一人でせつせと働く、カテージ　メード」が現われます。そのあと、詩は、

それでも愚痴をこぼさずに、
心から明るく楽しさうに、
微笑んだり夢みたり、
いろいろと毎日の事を工夫して見たり、
ときたま亡くなつたお母さまの事も考へるが

それを思へば尚更善くならうと云ふ気になつて、
暗い心を取り直して
夢と一緒に実際にあたり、
掃いたり、縫つたり、洗つたり、
種を播いたり、虫をとつたり、
お前の世界のよく働く女王さまになつて、
無くてならない大切な人になつて、
座敷でも、台所でも、
裏庭でも、花壇でも、畠でも、
いたるところにお前の顔を輝かせ、
お前の頬をほてらせながら、
やつぱり抑へがたい十七の夢で一ぱいだ。

と続くのですが、もとの詩は何倍も長いものです。また同じ八月号の『新詩人』に発表された詩「田舎の夕暮」は「(水野実子に)」の添え書を持ち、こんなふうに終ります。

お互ひに精励して、正しいりつぱな者になりませう。
ごらんなさい、頭の上を、あの高いところを。
私達の魂の欲しいとあこがれてゐるものを
残らず与へてくれるやうな七月の夕暮の
美しい空、美しい雲ですね。

その年十二月に水野家に近い一軒家を借りて移り住んだ尾崎さんは、翌大正十一年五月高村さんへの献辞も含む最初の詩集『空と樹木』を玄文社から刊行するのです。この頃、尾崎さんに宛てた高村さんの葉書が一通見つかっています。

「この間直接にあの方からいろいろお話をきいてすつかりよくわかつたやうな気がします。よかつたと思ひます。事柄は至極簡単です。

さういふ祝福された日がいつか来る事をあなた方の為にいのらずにはゐられなくなりました。いづれ又」（大11・6・23）

二人の意志を高村さんは肯定します。「一行として書かざる日無し」精進が続き、ロマン・ロランからの手紙も届きます。島津謙太郎の名にかくれて誰よりも早く、本格的な「高村光太郎論」（『詩聖』）を発表したのは翌年五月。八月号の『日本詩人』には、高村さんとの長い回想を含む「古いこし方」が掲載されます。この文章では交友の経緯にゆっくり触れているゆとりがないでしょうから、せめて長大な詩篇の一部だけでも引用して置きましょう。

むかし　角帯も堅気な町息子の頃から、
けふ、物を書く身になるまでの遠い十年を眺めかへせば
運命の糸のもつれに気を腐らせて君をたづね
愚かな打明けに君を困惑させたのもいくたび
それでも其処の仕事場のモデル台に

どつしり腰をおろした君の真率な同情や励ましから、
この幾年、愛せられ、護られ、慈しまれ、
すらすらと樹木のやうに伸びて来た。
あゝ、雪の夕ぐれ、
その窓枠に塩のやうな粉末のつもる時、
太い松薪のちらちら燃える煖炉の前で
「智慧」《サジェッス》のどんな幾篇を私のために君は読んだか！
また天の高く、水晶を溶いた秋風の吹きわたり、
庭の雁来紅、日を浴びてしんと立つ十月の時、
その彫刻に土をつける君の黙々たる仕事着《ブルーズ》の姿から
芸術へのどんな熱情を私はとりもどしたか！
思想のニユアンス、生活のリトム、
一切の確かなものに艤装されて

壮年の海の大きな浪間に私は乗り出した。

高村さんとは九つ違いの尾崎さんが、初めて高村さんのアトリエを訪れたのは、明治末年か大正はじめの頃ですが、忽ち深い共感に結ばれ、大正三年高村さんの詩集『道程』が出た時には、扉にフランス語で聖書の一節「無くて叶はぬものは只一つなり。マリアは善きかたを選びたり。こは彼より奪ふべからざるものなり」を書きつけたその詩集を、わざわざ尾崎さんの勤め先にまで自分で届けたほどでした。「尾崎喜八君とはよく炉辺でヴェルハアランを読み合つた楽しい日の数々を思ひ出す。」（昭14・10「詩の勉強」）と書く高村さんの回想も、「古いこし方」を裏づけるでしょう。

関東大震災を契機に、尾崎さんは長く行き違っていた父上とも和解し、江渡家に近い高井戸村大字上高井戸に新居を建てます。『ミキの記録』はこの頃の江渡家をめぐる沢山の人々、高村さん、水野さん、尾崎さん、高田さん、鳥谷部陽太郎さん、足助素一さん、更科源蔵さんなどの動きを書き留めていて興味があります。そして大正十三年三月二十日が来るのです。尾崎さん三十二歳、実子さん十九歳。六月に新詩壇社から刊行された第二詩集『高層雲の下』は一つの区切り。武蔵野の田園に新しい二人の生涯が始まります。

四　みいちゃん

高村さんは「渝《かわ》らぬ友」（昭3・1『詩集』）という文章のなかで尾崎さんのことを「まつたく彼は『渝らぬ友』だと思へる。彼は中々敏感で一種の感情家で潔癖家でもあるから、もう手紙なんぞ書かないぞ、といつたやうな顔でもしてゐるらしく想像される時もないではなかつたが、いつのまにか又『オルド　ラング　サイン』で、相変らず熱烈で正しい。私は同君の友情を生涯での貴い喜の一つとしてゐる。誰にだつてあるやうにむろん尾崎君にだつて弱いところは中々あるが、その弱さの由つて来る所を考へるとその弱さにも愛が持てる。時々は愛嬌にもなる。」と書いたあとで、実子夫人についてこうつけ加えています。

「もう一つ。此を書くのを忘れてはいけない。尾崎君に『みいちゃん』がついて居ることだ。実子さんは日本のマダムの最も好い手本である。この小父さんは実子さんを知つてゐる事が馬鹿にうれしい。実子さんの事ならいつでも二挺ピストルの役をつとめる気で居る。」

実子さんのお父さん、水野葉舟さんは盈《みち》太郎が本名で、高村さんの本来の呼び名は光《みつ》太郎でした。このよく似た名前を持つ二人は、生まれも同じ明治十六年で、高村さんは三月十三日、水野さんは四月九日。水野さんが生まれたのは東京下谷の仲御徒町、高村さんも五歳から八歳までその町で育ちました。水野さんのはじめの奥さん、実子さんのお母さんが智恵子さん、高村夫人も智恵子さん、とこう書いてみると偶然とは言え、その不思議さに驚かされます。

明治三十三年、与謝野鉄幹の新詩社に加わり、いっしょに『明星』発送の宛名書きに精出した頃から、気性も環境もまるでちがう二人の、あとで高村さんが「私のたつた一人の生涯かけての友達だつた。」と書く交友は始まりました。

「私は当時美術学校の生徒であつて、所謂青年の憂鬱に捕へられて苦しんでゐたのであるが、其頃水野蝶郎といふ名で花やかな、明るい歌を書いてゐた水野君に不思議にひきつけられて、その美男子ぶりとおしやべりと人なつこい人と為りが忘れ難く、忽ちのまに大の仲よしとなつた。……互に訪問しては果てしない散歩につれ出し、歩きながらあらゆる問題に触れて語り合つたものであつた。鷗外の飜訳、国男、藤村の詩から、多田親愛のかな文字の書に至るまで、凡そ問題になるものは悉く取り上げてよく激論した。」（昭22・3「水野葉舟君のこと」）

故あって水野さんは翌年新詩社を退きますが、もちろん交友はますます親密に、明治三十七年夏には、二人の文学的な生涯にとって大切な意味を持つ赤城山滞在がやって来ます。赤城での二人のことはいつか『アルプ』（創文社　昭50・5）に書きましたが、水野さんはそこから沢山の恋文を、のち智恵子と呼んだ丸毛千枝子さんに書き送っています。

「30th July

千枝さん　二十四日から雨が降りつゞいてゐる。こゝの淋しさといつたらとても、とても想像に及ぶことではない。僕はこゝに来てから、どんなに、様々の事を考へたか、どんなに千枝さんと二人の未来の事について思つたか、僕は殆んど、何事をもする隙のない程、自分の思ひにふけつた。大沼の清く、すゞしい姿も、白かんばのきれいな影も、牧場のみどりも、皆、僕には、その思ひを深くさそふものとなるので……僕の思ひの中に、千枝さんは古くなつて、また新しくなる。僕はその思ひに誘はれて、このさみしく、様もない生活の中にも独りたのしいものを抱いてゐる様に思はれてゐる。」

長女である実子さんが誕生したのは翌年九月。実業界に押出そうとする父にそむいて文学の道を選び、二人で棲んだのは小石川関口台町の家で、その頃にはもう高村さんのアメリカ行きのこともほぼ決まっていました。

高村さんが三年の米欧留学を終えて帰ったのは明治四十二年夏ですが、手もとに明治四十五年六月の日付が書き込まれた二枚の写真があります。水野さんが前年から住んだ渋谷町中渋谷のお家の、一枚は室内で、一枚は庭で写したもので、水野さんの他には高村さん、窪田空穂さん、柳敬助さん、徳田秋声さん、前田晁さんの顔が見えます。実子さんは間もなく七歳。お祖父さんの家から小学校に通っていた頃でしょうか。柳さんや明治四十三年に亡くなった荻原守衛さんは、多分高村さんを通じての水野家の友人だったと思われます。その明治四十三年に柳さんが当時四、五歳の実子さんを描いた「紫とピンク」（写真）という油絵の写真が残っています。これは七月、高村さんが経営していた琅玕洞での最初の個展にも出品されたもので、画題は高村さんの命名でした。長いおかっぱ髪の、このエンゼルのように美しい、つぶらな瞳で外界をみつめる少女像について、当時の評論家坂井犀水は「就中、『紫とピンク』と題した少女の顔が、予に取つては、深き印象を与えたものであつた。その簡潔な、真摯な筆触と、美しく調和された簡単な色彩との裡に、柳氏の人格が躍如として表現せられて居ると思つた。」（大3・3『美術新報』）と書いています。高村さんはもちろん、水野さんの周辺のすべての人々

柳敬助『紫とピンク』1910 油彩
「主要事項解説」（P146）参照。

から、この美しく利発な少女は愛されていたのだと思います。いまは所在の知れないその油絵が、どこからかふと現われてはくれないでしょうか。

しかし悲しい思い出も、この中渋谷の家にはありました。大正四年六月のお母さんの死です。重いお産で亡くなった妻を悼んで一息に歌いあげられた水野さんの詩集『凝視』(大4・7)は、その成り立ちは違っていても、直ちに高村さんの『智恵子抄』を連想させます。水野さんはその序文にこう書きつけました。

「私はこの人に向つて、生前には最もあらはな戦ひを挑み、互に相苦悩した生活を続けて居りました。それに依つて私達は次第に深く相欺かない心になつて居りました。この人は私のこれまで知つて居る女性の中で私の最も信頼して居た一人でありました。この信頼と争闘とは、私達の友情であり、また愛でありました。

この人の死後に於ては、この人は全く私に浸透し、新しく私の内に生きようとして居ります。」

詩は六月二十四日夜の「1　われ、今御身にもの言はん」に始まり、おそらく七月二十日頃の「29　碑銘」、「その生きて居た日には／からだ全体が人を愛し／静かで、黙つて見衛つて居た。／今／この人の一生は口をつぐんだ。」に終り、哀切な情感は心を打ちます。

この年八月に移った平塚村下蛇窪の家のことは前にも触れましたが、その時期の生活は、実子夫人自身の回想「思い出すことども」(昭56・5『アントロポス』アントロポス編集委員会発行／イザラ書房発売)をお読みになるといいでしょう。毎日の時間割が決まっていて、学校の代りに家庭で教育を受ける――高村さんは絵の先生でした――この少女、母のない家庭の長女として、自然にカテージ・メイドの役割を引受けるこの少女を、子供のいない高村さんがどんなに愛したかは、想像できます。実子夫人もつつましく「私達子供は『高村の小父さん』は大好きで大事な小父さんと思っていました。特に私はどういうわけか小さい時から可愛がっていたゞいていました。」と書いています。今でも実子夫人が「高村の小父さん」という時、その語調にやさしい特別な思いが込められ、尾崎家には実子夫人が十二歳の時「高村の小父さん」にいただいたオルガンが、古色を帯びて宝物のように飾ってあるのです。

確かめようもありませんが、高村さんが尾崎さんを連れていったのも、ことによったら、この一途に燃えるような青年を、実子さんに引合わせたいつもりがあったかも知れません。

五　『私たちの本』

一九二三年は大正十二年ですが、それも関東大震災の直前七月二十六日に、水野家の回覧雑誌『私たちの本』の第一輯が出来上りました。原稿用紙を綴じた本文七十四頁、それに十頁のローマ字文や、読後感を書き込む余白を併せて百頁を超えるこの雑誌の作り手、実子さんは本文のあとに「編輯者の言葉」を書いています。

「幾度も、はじめては止め、止めてははじめてた、私達の本を又新しい気持ちで作らへる事にしました。

久枝さんと二人でやる事に相談してゐた時に、お父さんも丁度考へていらして、私達にやらないかとおつしやつた。

それで今度は大人の方達も一緒に入つて頂いて、一生懸命やる事にしました。私達にとつてはどんなに幸福な事かわからないと心から嬉しく思つてゐます。今月はまだ何も用意が出来てゐなかつた為に、一日とぢるのがおくれました。これからは、毎月廿四日を原稿の〆切日とし、廿五日に綴ぢる事にきめました。回覧の順のとほりお送り下さいまし、三日間だけ、とめおいてごらんになつて下さいまし、それより長くなりますと困りますから。

私はこの本に自分の書いたものを出す事を、本当に恥かしく思ひます。

江渡狄嶺と娘・雪子と尾崎栄子（昭和8-9年頃・尾崎喜八撮影）。江渡狄嶺の開いた実験農場・自宅の「三蔦苑」（さんちょうえん）にて。[石黒]

が、自分が少しでもよくなりたいと思ひましたのでだしたのです。　実子
巻末に白い紙を沢山つけておきますから、お読み下さいました方は、どうぞ批評をおかき下さいませ。（略）」

大人の方達もというその内容は、それぞれに興味をひきます。

Kiregire na Kotoba Mizuno Michitaro　4
Uta wo utau Nohara (uta) Mizuno Michitaro　1

回覧順は尾崎喜八、高山金一、木村荘八、宮崎丈二、島山鉱造、今井武夫、高村光太郎、宇多五郎、天羽良司、宮田富三郎、江渡幸三郎となっています。

紙数さえ許せば、ことに長短二十一項目に及ぶ実子さんの感想「手帳の中から」を全部写し取りたい誘惑を感じますが、ここでは見本のように、初めの幾つかをご紹介する他ありません。

「○

正義でない事はとても見てゐられない。直ぐ心が煮えくり返つてしまふ。憤慨の為に。

○

働く事はいい事だ、心が快活になるから。

○

いつでも人の太陽でありたい。

○

自分が間違つた道を歩いて来たと思つたら、なげいてゐずに、その時から正しく生きるより他にない。

○

自分の不快さを他人に迄感染させる事は悪い事だ。

○

憎み！　こんないやなものは本当にない。」

巻末に書かれた尾崎さんの読後評。

「実ちゃんの感想は実感の強さで僕を打つた。あなたの健気《けなげ》な心に読みながら涙ぐんだ。素朴な僅か数行のものが後から後から出て来るが、それが苦しいと同時に僕をよろこばせた。あなたは強い魂を持つてゐる。その弾力に感心する。その内、自然に就ての感想（家のまはりの）を見せていただきたいと思ふ。」

心はすでに暗黙のうちに通います。

そして同じ実子さんの詩。

古い道を通りながら

暫らく通らなかつた古い道！
太陽が昇つたばかりの美しい、朝露の中で
こんなにも美しい色々のものを輝かしてゐる。
これからあの埃りの東京に行かうとしてる、
私はなつかしいお友達に逢つたやうに立ち止つた。

小さい時、未だ都から来たばかりの私には、この道は宝石のしまはれてる大切なお蔵、通る度に驚きと感心さに心をおどらせた。その時に、この上もない立派な美しい花だと思つた、
やぶからしの花！
昔に変らない色と美しさで、
今は都会化しかけた村の、
縦横無尽に作られる道の為に、
わづかにくづしのこされ、
尚、生命のつゞく限り強く、
与へられた力の限り生き〳〵と
生きられる事の感謝と喜びにあふれた色、
むかし感じたやうな尊さと立派さ、
むかし感じたやうな美しさで、
この道に、

花を咲かせてゐる。

生命の終るその時迄も
唯一人生きのこされても
この花のやうに
美しく、強く、
この世でわづかに、くづしのこされた、
太陽のある、樹陰のある、朝露のある、
美しい生のあるところで、
心の花を咲かす事を祈った。

初夏の或る朝

写していても、洗われるように楽しくなります。高村さんの処にこの手造りの本が廻って来たのは八月十八日。水野さんの「詩はまづい。」という一言の裁断に対して、十九日にはたちどころに、愛情に溢れ、ひとりでにほほえましくなるような読後感が書き添えられます。やっぱりこれは、写さずには通れません。

「ひとつひとつ皆他の形では見られない愉快さを以て僕を感動させました。中でもうれしかつたのは実ちやんの詩にヤブカラシの花をあんなに愛してゐる事を読んだ時です。ヤブカラシはどういふものか僕も小供の時から好きでたまらない花でした。あの小さい独楽のやうな形をした実が出来る――いや実ではなくて花盤かしら――いくら見てもわからないのですが――おまけに僕はあの花がヤブカラシといふ名前の草だといふ事は今年の春頃やつと知つたのです。

ヤブカラシといふ名前は前から沢山聞いて居ながら、あの花がそのヤブカラシだとは知らずに居たのです。貧乏ヅタともいふのだと聞いて随分人間の命名心理のユウモラスなのに微笑しました。つひ先達て早朝の散歩にこの花を飽く事なく写生したりした後なので、あの詩が特にあの花を書いてあるのによろこびました。立派な花はもちろん立派で愉快ですが、僕は又一般に雑草と言はれてゐる草の花が妙に好きで飽く事なく見たり描いたりします。その生活力の旺盛なのも快く思ひます。見てゐると妙に心を引立たせてくれ、落つかせてくれ、自分の生活に不思議なたよりを与へてくれます。あの詩に全く同感しました。」

言外に実ちゃんへのぞっこんの惚れこみ方がうかがえないでしょうか。そしてこのそれとなく勇気づける高村さんの心遣いを、実子さんは敏感に受取ったに違いないと思います。

この本が何輯まで続いたのか、私にはわかりません。しかし、間もなく大地震が関東、東海地方を襲い、水野さんは一人三里塚に移って、尾崎さんと実子さんの新しい生活が始まるのです。

くどくどと書き続けて、まだ書き足りないもどかしさが残りますが、あのミケランジェロの「聖母子像」模刻をお二人の出発のために送った高村さんの思いの内には、こんなにもたくさんの親愛と願いと祈りとが込められていたということを、なんとかお伝えしたいと思ったのでした。

それにしても、尾崎さんの側からのこの像の記録はないものでしょうか。当然有ってもよさそうに思われます。そしてそれは、この文章をほぼ書き終ったあとで、それこそ天上からのメッセージのようにやって来ました。

彫　刻

鋳銅にちゞめた
ミケランジエロのマドンナ。
それが高貴な頸筋から
豊かな背中の衣紋《えもん》へかけて、
もうまつかな夏の朝日を浴びてゐる。
戸外はけふも金剛石色にきらめく
ひでりつゞきの畑の風景、
小屋の室内は隅々までも外光の反射。
しかもこの力づよい野天の中で
その美を固執する作品のすばらしさ。

『書斎の一角』（昭和７年10月27日。荻窪自宅二階八畳）机の左に高村から結婚祝いに贈られた聖母子像が置かれている。（尾崎喜八撮影。題名、データも）［石黒］

私の毎日の仕事の指針、
自分の芸術に加へたい美。
今、夏の朝のみどりに明るい机の上で、
復興期巨人の要訣であるこの作品を
くちなしの花の高い匂がめぐつてゐる。

この尾崎さんの詩は大正十三年八月号の『日本詩人』に、他の二篇と一緒に載っています。詩だけ読めば「鋳銅にちゞめた／ミケランジエロのマドンナ」が何を指すのか戸惑うでしょうが、いまはそれがまさにこの「聖母子《マドンナ》」であることを、疑いもなくお感じになるでしょう。
コンディヴィの本の口絵のことを教えて下さったのも、この詩をみつけてコピイを恵まれたのも、尾崎さんの資料蒐集に無私の執念を燃やされる嘉納忠明さんでした。嘉納さんの緻密な、終りを知らないお仕事がどんなに大切なものか、お礼の言葉も無いほどです。

ロマン・ロランの友の会や『東方』につながるその後の尾崎さんと高村さんの歩み、高村さんが「詩をすてて詩を書かう。／記録を書かう。／同胞の荒廃を出来れば防がう。」と書き、尾崎さんが「ひたすら同胞のすべての清からんことを。」と祈った戦時の二人の関わりや、戦後の山林生活のことなど沢山の宿題を残しながら、もう尾崎さんと高村さんをめぐるこの文章を終らなければなりません。

石黒敦彦さんの大きな鞄から、大事に幾重にもつつまれた「聖母子像」が実際に目の前に現われたのは、昨年（一九八六）二月一日の蠟梅忌の席上ででした。そのブロンズ像を膝にだきながら、この小さな彫像に込められた、よきさまざまな人の思いの重さをいまさらのように感じ、稀有な人々の友情の記念が、戦禍を越えていまここにあるという奇蹟のような出来事を、改めて心に思い調べたことでした。

『尾崎喜八資料』第３号　尾崎喜八研究会・昭和六十二年二月

愛と創作　その詩と真実

主要人物生没年　　（順不同）

梅原龍三郎　明治21－昭和61年(1888-1986)
尾崎喜八　　明治25－昭和49年(1892-1974)
岡本帰一　　明治21－昭和5年(1888-1930)
岸田劉生　　明治24－昭和4年(1891-1929)
北山清太郎　明治21－昭和20年(1888-1945)
近藤経一　　明治30－昭和61年(1897-1986)
木村荘八　　明治22－昭和25年(1889-1950)
黄　瀛　　　明治39（光緒32）－平成17年(1906-2005)
斎藤与里　　明治18－昭和34年(1885-1959)
佐藤惣之助　明治23－昭和17年(1890-1942)
千家元麿　　明治21－昭和23年(1888-1948)
高橋元吉　　明治26－昭和40年(1893-1965)
高村光太郎　明治16－昭和31年(1883-1956)
椿貞雄　　　明治29－昭和32年(1896-1957)
長沼(高村)智恵子　明治19－昭和13年(1886-1938)
長与善郎　　明治21－昭和36年(1888-1961)
松方三郎　　明治32－昭和48年(1899-1973)
武者小路実篤　明治18－昭和51年(1885-1976)
萬鐵五郎　　明治18－昭和2年(1885-1927)
ヴェルレーヌ　Paul Marie Verlaine（1844-1896）
ロマン・ロラン　Romain Rolland（1866-1944）

扉の写真

白樺派10周年記念写真（大正8年　芝公園三緑亭）
「前列左から柳宗悦、木村荘八、武者小路実篤、清宮彬、犬養健、後列左から尾崎喜八、佐竹弘行、八幡関太郎、新城和一、椿貞雄、バーナード・リーチ、小泉鐵、近藤経一、木下利玄、岸田劉生、志賀直哉、長与善郎、高村光太郎」（『白樺派の愛した美術』展覧会カタログ2009）

― 雑誌『エゴ』

尾崎さんにとって高村光太郎との出会いほど、必然的で意志的で、その後の生涯に実にさまざまな形で深く関わった場合はなかったでしょう。多くはこの敬愛する先人の存在に励まされ、おそらく時に反発しながらその資質を研いで、尾崎さんはいちずにより純粋に尾崎さんの世界を紡いだのでした。遥かに後から歩き始めた世代には、その風景は羨望をかきたてるほど美しく感じられます。

尾崎さんは高村さんとの出会いについて、様々な機会に繰り返し書いています。大筋をたどれば、それは尾崎喜八資料（16号）に全文が掲載された小説「愛と創作」に始まり、時を隔てた回想、昭和六年の「其頃」につながり、高村さん没後の追悼文「初めて会つた日の高村さん」（昭和31・6『新女苑』）や、創文社から出る『尾崎喜八詩文集』を記念して詩誌『歴程』が編んだ「尾崎喜八特集」の、尾崎さん自身による「叙述的略年譜（一）」（昭和34・3）に続きます。この年譜は十月に刊行された尾崎喜八詩文集3『花咲ける孤独』の「略年譜」（以下「年譜」と呼ぶことにします）で完成し、その昭和二年までの叙述がほとんどそのまま、最後の著書『音楽への愛と感謝』（昭和48・8新潮社）の最初の章「生い立ちと音楽」を構成するのです。

しかしそれらの文章は幾つかの点で微妙な違いを持ちます。その相違も含めて、むしろ尾崎さんをその時々に捕えた心理的な真実こそ大切なので、客観的な事実の検証にどれ程の意味があるのかためらわれますが、まずは虚構のなかにしろ、当初の感動を最も色濃く保存するに違いない、出会いにいちばん近い時点で書かれた小説「愛と創作」を辿りながら、詮索を始めてみようと思います。

小説が発表された雑誌『エゴ』は、大正二年十月に千家元麿を編集人として日本洋画協会（あとでエゴ社に変わる）から発行された、『白樺』を取り巻く初期の雑誌の一つでした。同じ北山清太郎の日本洋画協会が六号まで発行していた『フュウザン』と、三号まで出ていた千家らの『テラコツタ』が合併し、その「若い数字を合わせて」千家を編集人とする『生活』九号になった時（おかしな計算ですが）、『テラコッタ』同人の千家や佐藤惣之助、成田泰次郎らによってそれとは別に発行された雑誌でした。大正三年三月には岸田劉生が、四月には武者小路実篤や長与善郎が登場、長与のロマン・ロラン「ミケランジエロ評伝」が連載され始めます。尾崎さんの「愛と創作」が発表されたのはその最終号、レンブラントを挿絵とする第四巻一号（大正五年一月）で、自らの心の遍歴、その愛と創作について次第に流域を広げる大河を思い描いたに違いないこの小説は、結局その源泉、画家Tへの熱烈な心情の告白だけに終りました。

三歳年上の恋人塚田隆子との恋愛から父と義絶し、家を出、勤めもやめてこの小説を執筆した前後の事情を、尾崎さんは「年譜」の大正五年の項にこう書いています。

　長与善郎氏の厚意でしばらくその赤坂の家に寄宿している間に、当然「白樺」の同人やその傍系の多くの人達と知るようになった。みんな若くて芸術意欲に燃え、息苦しいほどの空気が渦巻いていた。その中には「エゴ」という雑誌の中心人物、愛情に脆くて熱烈でくしゃくしゃになった千家元麿がいた。しだいにデューラー風な画風に移りつつあった傲岸不屈な岸田劉生もいた。私よりも一つくらい年下で、盛んにゴッホの手紙や後期印象派関係の本などを翻訳していた才人木村荘八もいた。

　椿貞雄がい、犬養健がい、近藤経一がい、道は違うがこの一群の空気を怜悧な澄んだ好奇の眼で見ていた学習院の生徒松方三郎もいた。ひとり高村光太郎は、離群癖というか党与の雰囲気を忌むというか、清涼な駒込のアトリエで粘土をつくね、のみを握り、静かにロダンの言葉の翻訳に専念していた。旋回する星雲系と遠く光る一つの星。私の心はこの間を微妙に往復した。

II 「愛と創作」

（此の一篇を長与善郎兄並に我が隆子に）の献辞を持つ「愛と創作」は、若き主人公達雄が観る或る絵画展覧会場の情景から始まります。暖房が二月の雪ふりしきる戸外の冷気を遮って、静かな室内には四、五人の観客がいるに過ぎません。しかし並べられた作品は強く達雄の共感をそそります。

> そこには官設展覧会に見るやうな死物の混乱はなかつた。生き生きした生命の凝視があつた。呼吸をのむだ《ママ》気魄があつた。真摯な空気が見る人の胸を圧した。その圧迫する精神は真に充実した生活の痛い快感であつた。ある森厳さが見る者の心に破裂し切らぬ感情の苦しさを与へた。叫ぶ事の出来ない興奮が此の静けさの内に音もなく渦巻く生命の流れを渦巻かせて居た。……
> それは反逆であつた。古きもの、堕落したもの、そして芸術の仮面を以て日本

の絵画界に跳梁する者に対する反逆であった。

百枚にあまるそれらの作品はわずか五人の芸術家の手になるもので、その内三人の制作はかつて二度ほどみたことがありましたが、その充実しきった制作の進歩に驚きます。作家Dの肖像画の前では「是こそ真の肖像画だ。」と感じながら、この画家の性格のなかにある寒いほどの厳粛さを見、重い溶け入りがたい息苦しさを感じます。しかし次に見たTの十数枚の画布は、殆どそれと対極をなすように、厳しさのなかにも暖かい色彩の豊かさを持ち、その中の山岳を描いた一枚を見るや否や、達雄は「これだ」と直感します。「これこそ今の自分の欲しているものだ。この人こそ自分の同胞だ。この筆触、この温かい色彩こそは自分の欲していたすべてだ。」と思います。

もとより「愛と創作」は気負いに満ちた最初の長編といってもいい小説で、当然のことながらさまざまなフィクションを含みます。しかし描かれた状況から見ても、この展覧会が大正二年十月十六日から二十二日まで、神田三崎町二丁目十番地のヴヰナス倶楽部で開催された、第一回生活社主催油絵展覧会を下敷きにしていることは疑いありません。

神田一帯はこの年二月二十日午前二時すぎ、同じ三崎町二丁目九番地の東京歯科学校付近から出火して書店街に延焼、六、七十戸の新古書籍店を焼きました。三省堂の本館は残りましたが、尾崎さんが勤めていたその器械標本部は全焼します。京華商業学校を卒業して勤めた中井銀行をやめ、明治四十四年、数え年で二十歳の尾崎さんが就職した三省堂器械標本部は明治四十一年に創設された部署ですが、その不振が、百科大辞典刊行のつまづきと共に、大正元年十月の三省堂破産事件の要因ともなっていたのです。尾崎さんにとって文学と科学を結びつける大事な意味を持ち、この時期に高橋元吉のような生涯の友も得た標本部は結局閉鎖され、尾崎さんは三省堂を退職しました。

高橋元吉は尾崎さんより一歳年下ですが、明治四十三年、群馬県立前橋中学校を卒業した後、すぐに三省堂器械標本部に入社しました。明治四十五年には帰郷し、前橋市の実家煥乎堂書店で店員として働くことになるのですが、三省堂への就職は、東京での修行のつもりもあったのかもしれません。明治四十五年に帰郷したというのは、平成三年に煥乎堂から出た元吉の選詩集『空じゅう虹』に添えられた「高橋元吉年譜」によるものですが、元吉からの聞き書きによる村上光彦の証言では、

高橋さんは勤めてすぐ、いまでいうノイローゼになり一年も勤めぬうちに故郷に帰ってしまった。そして高橋さんがやめた後に入ってきたのが、京華商業を出たばかりの尾崎喜八さんだった。尾崎さんは、ほかの店員たちの話から、前任者の高橋さんのことを知り、高橋さんに興味をもった。そんなわけで、高橋さんがその後上京のついでに三省堂によった機会に、二人は知り合いになった。尾崎さんは知的好奇心のつよい青年だったらしく、たちまちにして高橋さんから多くのものを吸収した。たとえば、そのころ高橋さんは天文学に興味をもっていたのだが、尾崎さんは高橋さんに影響されてたちまち天文学の勉強を始めた。

（昭和58・10『詩人の肖像』）

となっています。元吉の話にも若干の思い違いがあり、「煥平堂書店の店員として」の一件も、商人の父に反発した尾崎さんと通う、入り組んだ経過があるのですが、いまは深入りするのは止めましょう。「高橋元吉年譜」はこの年明治四十五年、十九歳の項にこう付け加えています。「メーテルリンクにひかれ、英訳本からの翻訳に没頭する。尾崎喜八との交遊深まる」。メーテルリンクへの傾倒は尾崎さんも同じくしたものです。尾崎さんの「年譜」には「彼のすすめで雑誌『白樺』を読みはじめ、文壇の新風や西欧の絵画に心をとらえられるようになった。」とも記されます。のちに元吉が高村さんの大事な詩的交遊圏の一人になったのは、尾崎さんの誘いがあったからでしょう。

尾崎さんが、麹町区永楽町二丁目二番地にあった機械等を扱う大手の貿易商社高田商会に入社したのは大正二年暮れのことなので、生活社展が始まった十月にはまだ職を持ちません。

展覧会場兼映画館にするつもりで焼け跡にヴヰナス倶楽部を建てたのは、水彩画もよくし、実業家的野心もあったパリ帰りの木村梁一でした。最初に開催されたのは、十月五日から十四日までの、六月に帰朝したばかりで高村さんともゆかり深い洋画家梅原良三郎の個展で、生活社展はそれに続きました。

「愛と創作」はまず季節を、厳冬二月に設定します。

出品目録によれば一三九点の作品による岡本帰一、岸田劉生、高村光太郎、木村荘八、四人の作家の「生活社展」は、ここでは五人の芸術家の作品展に置き換えられます。

かつて二度ばかり制作を見た事があるという三人の内、Dは直ちに岸田劉生を、Tは高村さんを連想させ、残りの一人は木村荘八を指すのでしょう。「二度」が第一回ヒユウザン会展と第二回フュウザン会展を意味するものとすれば、三人は共に最初からの出品者だし、劉生と同じ白馬会の葵橋洋画研究所で学び、のち童画家として知られるようになった岡本帰一も、第二回展には四点の油絵を出しています。

劉生は生活社展に数多くの自画像や肖像を含む五十三点の油絵を出品し、高村さんは油絵二十一点、ペン画三点、彫刻一点を出品しました。高村さんの作品のうち四点の自画像と「胴体」「瓶と鉢」の油彩、彫刻「トルソー」を除けば、すべて恋愛中の長沼智恵子も来て、共に描いた上高地での山岳風景でした。のちに尾崎さんも深く愛するようになったあの上高地です。出品目録からそのリストを写して置きましょう。

油絵「樹木の群」「木立と山」「六百岳」「小川と楊」「池」「秋の山」「青い山」「曇つた日」「乗鞍」「焼岳」「日のあたつた山」「林間」「楊と山」「木立」「崖の茂み」、ペン画「穂高山」「三本鎗」「霞沢岳の一部」。

「愛と創作」の主人公は感じます。

そこには大地の盛り上る底知れぬ力があつた。大地の脹れ上がつて出来た山の真実があつた。そしてその禿げた一部には大地の力の断層面が素裸に出て居た。濃い緑に覆はれた部分には見る者をひきつける山岳の寂寥と崇高とがあつた。彼はぴつたりと此の画家の心に自分の心を触れ合す様な気がした。彼の内に明確でなかつた溢れる様な青春の感情が、遺憾なく、しかも非常な確かさを持つて表現されて居ると思つた。そして自分の内に沸騰して居る形を具へないカがしつかりと把握されて居ると思つた。

一枚一枚と見て行ってその画家の自画像の前に立った時、興奮は極致に達するのです。そして心に叫びます、「同胞だ。そして友達だ。自分はここに自分を抱き上る手を見る。此の画家こそ自分の友とすべき人だ」と。

その感銘は達雄に、ただちにこの画家に手紙を書こうと決心させます。

彼は文章世界の新年号にT……の住処が他の多くの文士、画家達のそれと共に載せられていた事を知つていた。それで彼は室の一隅に積み上げられた雑誌の堆積の中から文章世界を引出してT……の住処を見出した。「京橋区月島東中通………。」

これは「年譜」に「京橋区本港町にあって相当手広い回漕問屋。隅田川を背後に鉄砲洲の河岸通りに面した古風な店がまえと数棟の倉庫。自家用の桟橋と外洋の航海にたえる二艘の三檣船。多数の雇人と出入りの人々。」と書く、実家と同じ区内にTの住所を置こうとする虚構でしょうか。或いは明治四十三、四年の一時期、日本橋浜町の大川端に下宿していたことのある高村さんへの親しみの表現でしょうか。大正二年の『文章世界』新年号には「現代文士録」は無く、光太郎の住所も京橋にはありません。尾崎さんが執筆にあたって利用出来たかもしれない大正三年四月特別号には「現代文士録」に併せて「現代美術家録」が載っていて、光太郎の名はいくらかニュアンスを変えながらどちらにもあります。光太郎の詩「婚姻の栄誦」が発表された号です。

高村光太郎　彫刻家高村光雲の男。明治十六年三月、東京市下谷区西町に

生る。東京美術学校彫刻科出身。後、欧米に在留したこと数ヶ年。多くの詩作、翻訳、及び美術に関する批評等がある。現住所、本郷区駒込林町二十五番地。（「現代文士録」）

明治十六年三月、東京市に生る。明治三十五年東京美術学校木彫科卒業。後、欧米に留学した。第一回フユーザン会展覧会に油絵数点を出陳した。現住所、東京市駒込林町二十五番地。（「現代美術家録」）

小説は、自分の内にTに対する殆ど盲目に近い信仰を感じ、幾度も書き損じた短い手紙を投函したあと、渦巻く思いに興奮した頭の中で、明日にも届くかもしれない返事の事を考えながら、Tが住むという暗い空の下の「灯火のまばらに輝いて居る月島の方角を見つめてぼんやりと窓によつて立つ」達雄の描写で終ります。

この小説が幾つかの虚構によって組み立てられているとしても、その骨組みに肉付けされ、そこに封じ込められた若き日の尾崎さんの、高村さんへの敬愛に重ねられた、人生に対する熱い思いは、生き生きとして読む者を打ちます。「相変らず熱烈で正しい」（昭和3・1「渝らぬ友」）尾崎喜八がすでにここにいます。

センチメンタリズム。庸劣なるヒューマニタリアニズム。卑しき性欲描写の為の性欲描写、病的嗜慾を芸術の羅をもて覆へる悪魔主義。誤れる現実主義……併しそれは真の芸術ではない。そして斯の如き邪道に棲息するものは真の芸術家ではない。

……彼等の背景に人類はない。人類の運命もない。そして云ふ迄もなく一点の愛と雖もない。

達雄はそれをK・Tに見、H・Iに見、J・Tに見、S・Tに見、R・Nに見、G・Sに見、そして彼等の無数なる追随者等に見た。

勝手に補えば、K・Tは田山花袋、H・Iは岩野泡鳴、J・Tは谷崎潤一郎、S・Tは徳田秋声、R・Nは中沢臨川、G・Sは相馬御風などでしょうか。

Tへの手紙のなかで「文壇に於て私は『S』の二三人達を尊敬して居ます。併し絵画界にあなた方の居る事を今日程強くありがたく思つた事はありませんでした。……殊にあなたの絵を見た時、同属のなかの同属である事を感じました。今でも今日の昂奮が私の中に漲つて居ます。」と告白する『S』は『白樺』を指すに相違なく、二三人には武者小路や志賀や長与、或いは千家らが意識されているに違いありません。

手紙を書き終わったあとの心をひたすよろこびを失わないために、達雄は『F』という新刊雑誌をひろげます。

そこには彼が今日行った展覧会の画家達の感想や翻訳が載せられて居た。元よりT……のものもあつた。彼はそれを熱心に読みにかかつた。彼はT……の翻訳を読んで居た。初めはその主人公に同感しつつ熱心に読むことが出来た。併し読むにつれて彼は外の事を考へていた。彼の頭は彼の考への中に働いて行つた。彼は何を読んでゐるかも意識する事なしに唯、或る力の彼の内に漲る事を感じて居た。それは唯、力と謂ふよりもむしろ創作慾であつた。

『F』の頭文字を持つ美術雑誌は『フュウザン』("FUSAIN")しかありません。新しい美術運動をめざす芸術家たち、斎藤与里を編集人とし、与里や光太郎、劉生、荘八、萬鐵五郎らが中心となって大正元年十一月に創刊されたB5判の美術雑誌『ヒユウザン』は、三号から誌名を「フュウザン」に改め、判形も菊判になりましたが、十月に最初の展覧会を持ったフユウザン会の機関誌でもありました。しかし大正二年五月、展覧会に対する意見の相違から会は解散、『フュウザン』は六月一日発行の第六号で終わり、高村さん達は新たに生活社を結成しました。『フュウザン』が『テラコッタ』と合流して『生活』("LA VIE")七月号になったことは先にふれました。その『生活』も、しかし八月号で終ります。

だからもし展覧会を、十月の生活社展とすれば、新刊の雑誌は『生活』八月号にならざるを得ず、小説の設定のように二月に遡るとすれば大正二年二月の『フュウザン』第三号ということになります。『フュウザン』『生活』を通じて光太郎が発表したのはロマン・ロランの『ジヤン・クリストフ』第四巻「反逆」冒頭部分の翻訳のみで、しかも前年完結したばかりのこの大河小説の、日本で最初の訳を連載し始めたのは三月十三目に発行された『フュウザン』第四号からでした（三月十三日は奇しくも光太郎の満三十年の誕生日に当たります）。そしてその連載は予告されながら『生活』七月号の第四回でとぎれ、八月号にはこんな「消息」だけが載ります。

暑熱の為めに生理的の打撃をうけて今月発表する作の一つもなかつた事を残念に思ふ。私はまだ暑熱にまける。まけなくなる予感は随分ある。二三日うちに、しかし山を画きに行つて九月に東京に帰る。山を画きたい慾望は随分前からあつたので、今度山の中にはいつたら堪らないと思ふ。私は今大変な時に居る。非常な時に居る。二三日したら山へ行く。山を画く。

（七月十五日夜　光太郎）

光太郎を促しているのは、あの最初の生活社展のための制作です。

三「ジャン・クリストフ」

達雄が見た雑誌が「愛と創作」から特定できないとすれば、ここでも「年譜」の助けを借りなければなりません。

大正二年(二十一歳)……七月に創刊された雑誌「生活」で高村光太郎の訳になる「ジャン・クリストフ」の一節を読んで感激し、居ても立ってもいられないような気持になる。そして早速ギルバート・キャナン英訳の「ジョーン・クリストファー」三巻を丸善から買って来て夢中になって読みはじめた。同時に自分の最も敬服しているトルストイ伝の著者ロメイン・ローランドが、すなわちこの偉大な小説「クリストフ」の作者ロマン・ロランその人である事を知って狂喜した。更にロンドンのダックウォース社発行の美術家伝記叢書で同じロランの「ミレー」を読み、別の粗悪な英訳書であのすばらしい「ベートーヴェン」も読んだ。

かつての時代を噛みしめるように回想した同じような記述は、ロマン・ロランへの「渝らぬ感謝」を述べた『現代世界文学全集』の月報6(昭和28・4新潮社)にもあります。(『尾崎喜八資料』3収録)

其須漸く魂を打込み始めたトルストイやロマン・ローランへの熱烈な傾倒、わけてもその「復活」と「ジャン・クリストフ」とは、その私が、もはや二つとない心の糧とも泉とも火とも鞭とも信じながら、飽かず繰りかへす聖書であつた。

しかし「復活」はしばらく措いて「ジャン・クリストフ」!私は其の一小部分を雑誌「フューザン」の改題した「生活」で初めて読んだのだった。第四巻「反逆」の第一章「流砂」の冒頭の数頁で、これを二回か三回に亘つて高村光太郎さんが翻訳し発表した。一小部分とはいへ真におどろくべきものだつた。その日本文は正に翻訳の亀鑑とも言ふべきであり、作そのものは魂を揺すぶつて精神を奮い立たしめること全く倫を絶するていの文学であつた。万軍に匹敵する味方といふ言葉があるが、日本でいまだ殆ど知られず況んや重視もされなかつた此の作者の此の作の、全く小さな断片的な紹介が、詩とヒューマニティーとヒロイズムとの渾然とした文学に、あてもなく鬱勃たる憧れを燃やしてゐた少数の若く純粋な魂をして、「正にこれだつた！これさへあれば！」と叫ばしめたのである。それは文字どほり「反逆」であり、脱却であり、平凡と卑小とに重かつた夜を吹きあける脈々たる朝風であり、芸術的独善主義と懦弱とを叩きおこしてみせられた新たな可能世界の目も遥かな展望であつた。

「年譜」には『フューザン』の名は現れませんが、光太郎との出会いを最初に回想した「其頃を語る詩壇の思い出」（昭和6・11『詩人時代』、のち「其頃」として『詩人の風土』に収める。前号「中年のおもかげ」参照）には、「高村君の名がでてゐるので買ひ損ふ事の無かつた」『フューザン』にふれ、ここでも

「フューザン」が「生活」となり、既に出てゐた「白樺」の武者小路君等が同人に加はつた頃の前衛的精神には、私達をも奮ひ立たすものがあつた。しかし何より忘れてならないのは、高村君がその「生活」へロマン・ロランの「ジヤン・クリストフ」の「叛逆」の一節を訳したことである。

これこそ私にとつて真に決定的な力だつた。これこそ其瞬間から私の運命に一転機を促す物だつた。ああ芸術！一生を捧げるに価する芸術！たうとう私はお前を見出した！　芸術は何といいか！　抑も斯の如く生きる事は何と男らしい事か！　私は真に涙をながした。私は断然文学に志した。

今日私の精神の父であるロマン・ロランの名を初めて私に知らせた人。それは我が高村光太郎君であつた。

私は母にねだつて「ジヤン・クリストフ」の英訳四《ママ》巻を、実に「生活」を読んだ翌日、丸善で買つて酔ふがやうに帰つて来た。

と書き、「愛と創作」の絵画作品に代わって、『生活』で初めて読んだ「ジヤン・クリストフ」が強調されます。遥かに時を隔てて再現された記憶には、時に避けがたい思い違いもあるでしょう。例えば最後の「クリストフ」訳が載った『生活』のはじめの号に、武者小路が同人に加わったというのは、同じ号の「消息」の武者小路が書いた次の一節とはニュアンスを異にします。

自分は君達の雑誌に毎号何か書かしてもらいたい気がするけれども、自分は今の所全力を「白樺」につくしたく思つてゐる。しかし君達と話したいことがあつたら何かかいて出して戴くかも知れない。何しろ今の時代に君達が生きてゆくことはこの上もなく面白いことと思つてゐる。

自分は何時までも君達のよき友でありたいと思つてゐる。しかし未来のことは誰か知らう。お互いに行く所まで行くより仕方がない。希望の多い「生活」の誕生をくり返しくり返し祝福する。（五月二六日朝、無車）

これらの回想は、後年にいたるまで雑誌『生活』の印象が強かったことを裏書きしますが、たとえ最初の「ジャン・クリストフ」を『生活』で読んだとしても、『フューザン』旧号に遡ることは、たやすいことでした。

「年譜」の明治四十五年の項に「ロメイン・ローランドという人のトルストイ評伝があって、この本に最も深く心を打たれる。一方「白樺」もバックナンバーを揃えて読み、武者小路や志賀のものを特に愛した。」と記す、尾崎さんが読んだロランの英訳『トルストイ』は、

"Tolstoy" Translated By Bernard Miall. Fisher Unwin, London, 1911.

翌年の項に現れるロランの英訳書はそれぞれ

"Jean Christophe"　Translated by　Gilbert Cannan. Heinemann, London, 1910-

1913.
"Millet" Translated By Clementina Black. Duckworth: The Popular Library of Art. London, 1902. "Beethoven" Translated By F. Rothwell, Drane, London, 1907
でした。

回り道をしましたが、ここでこんなにも尾崎さんを感動させた光太郎の訳文の、ほんのわずかな部分でも書き写して置かなければなりません。まず『フュウザン』第四号第一回のその冒頭、

> 脱却！　彼は脱却を感じたのだ……他人からの、又彼自身からの脱却を感じたのだ。一年以来彼が拘束されてゐた情熱《パツシオ》の網は、俄かに破れた。どうして。彼は其に就いて何も知らぬ。網の目が彼の身の圧力に負けたのだ。其は、健やかな自然が、過ぎ去つた年の死んだ被服、息をつまらせてゐた旧い魂を猛烈に引き裂く一種の成長の劇変期であつた。……
> 彼はこの苦痛の事を思つてゐなかつた。其の中から脱け出て来た昔の苦痛

の事を思つてゐた。彼は冬の空、雪に被はれた市《マチ》、歩き悩んでゐる人々を見た。彼は自分の周囲を見、自分の中を見た。何者も最早や彼を何者にも縛りつけて居なかつた。彼は独りであつた……独りで。独りである事、自分である事の幸福さよ。其の鎖から、其の記憶の呵責から、其の愛する顔又憎む顔の幻覚から脱れた事の幸福さよ。とうとう、生の餌食とならず、自分自身の主君となつて生きる事の幸福さよ……

ヴェルレエヌの「告白録」を訳そうとして、それが「あまりに痛ましくて私を悲しませる事がはげし過ぎる」のでやめ、サント・オギュスタンの「コンフェッションン」を訳し始め、「恐ろしい気持ちと自分の経験以外の事柄、心理がありすぎる」としてまた棄て、二十一日の夕方、間近に迫った締切の、二月二十五日までに「クリストフ」の訳稿を送る事を約束した高村さんは、二十二日再び編集者に書き送ります。

私は今クリストフを訳しながら激昂してゐます。クリストフの心理状態をよく了解出来るからだとおもひます。私は此を訳す事を喜んでゐます。其の純仏蘭西な魂も私を躍らせます。

次は第二回の終りの二行とそれに続く第三回の初め

俄然、電光が来た！

クリストフは喜びに叫喚した。

喜悦。猛烈な喜悦。現在未来のあらゆるものを照り輝かす太陽。創造の神々しい喜悦。創造の外に喜悦はない。其の外の物はすべて影である。生に関係のない、地上に漂ふ影である。あらゆる生の喜悦は創造の喜悦である。たつた一つの烈火から出た力に燃えてゐる――愛、天才、活動。

此の大きな竃の周囲に位置を求め得ない者さへも——即ち野心深い者、利己的な者、又生殖力のない放埒者さへも——此の白熱の反射に熱せられないでは居られない。肉体界の創造にせよ、精霊界の創造にせよ、其は体躯《ラル》の牢獄の破獄である。生の嵐の中の跳蹴である。「在る者」である。創造こそは死の殺戮である。

最後は最終回、『生活』に載った第四回の始め近く

すべての人種、すべての芸術はそれぞれに虚偽を有つてゐる。社会は真実《ヴェリテエ》から養われる事少く、偽善《イポクリシイ》から養われる事が多い。人間の心は脆弱である。純白な真実に応ずるのが難い。其の宗教、道徳、国家、詩人、芸術家が其の真実を虚偽に包んで示さねばならなかつた。此等の虚偽は各人種の心に相応じて互いに異なつてゐる。民衆相互の領解を斯くも困難にせしめ、相互の誤

解を斯くも容易にせしめるのは此等の虚偽である。真実は如何なる処でも同じである。が、各民衆は各民衆の虚偽を有つてゐる。此を彼等は理想主義と称してゐる。すべての人は生より死に至まで其を呼吸する。此こそ彼等にとつて其の生活の条件となるのである。ただ少数の天才のみ英雄的の激動の後に其を振りすて、彼等の思想の自由な天地の中に独り立つてある。

これだけの部分を見ても、「愛と創作」冒頭の雪の設定、「反逆」の語、思想や文体が、光太郎訳「ジャン・クリストフ」の深い影響下にあることを感じ取ることができます。

Ⅳ「出会い」の時

この宿命的な出会いについて、正面から触れずに来たもう一つの問題があります。生活社展にせよ『生活』にせよ、それは大正二年後半の出来事です。しかし「年譜」明治四十五年の項にはこう記録されています。

徴兵検査に丙種で不合格。この年高村光太郎を本郷駒込のアトリエに初めて訪問し、文学志望の気持をうちあけて忠言をうける。

しかしその「出会い」の「時」は、尾崎さんの長い親愛の彼方に没して、いつか確かな資料や記憶が失われていたように見えます。

『尾崎喜八資料』16の「中年のおもかげ」の(1)を構成する昭和六年の回想「其頃を語る」では漠然と「大正二年から三年、もう私は時々駒込の高村君を尋ねてゐた。」と書き、（2）の部分となった「初めて会つた日の高村さん」（昭和31・6『新女苑』のち「初めて見たアトリエ」として「私の衆讃歌」へ）では「今日こそ晴れて高村光太郎その人に会うことのできる嬉しさ恐ろしさにわくわくしながら、私の行ったのは明治が大正に改まった年かその翌年の、たしか七月の事だったと思う。」と書きます。「翌年の」つまり大正二年の七月のこととすれば、それは『生活』の最初の号がでた直後ということになります。しかし昭和四十一年十月に『春秋』に書いた「高村さんとの出会いの初め」（のち「片思いの頃」として『私の衆讃歌』へ）ではいくらか曖昧さを残しながら、再び「私が初めて駒込の新しいアトリエに高村さんを訪ねたのが満二十歳の時だったから、以上はすべて明治四十三年から四十五年までの間、高村さんが満二十七歳から二十九歳ぐらいの頃の事である。」と変るのです。

「今日こそ晴れて」と尾崎さんが書いたのは、もちろん先にも述べた久しい思い入れがあるからですが、具体的には「其頃の思ひ出」や「高村さんとの出会いの初め」にその文学への出発も含めて詳しく書き留められています。尾崎さんはそこで私はこの清潔で星のように光った五文字の署名を、当時の文芸雑誌や美術雑誌やいろいろの新聞紙上で見た。と言うよりも、この名の人が書いていればこそそういう雑誌や新聞を買ったり読んだりしたのだった。

そして言うまでもなくその文章に心を奪われた。誰一人あんな文章を書く人はいなかったし、誰一人あのように知的で男らしく孤高で、しかも匂うような文体の駆使者はいなかった。たとえば

として散文「粘土と画布」（明治44・4『文章世界』）、「出さずにしまった手紙の一束」（明治43・7「スバル」）、「緑色の太陽」（明治43・4『スバル』）、『伊太利亜遍歴』（明治45・7『スバル』）などを挙げています。

「これこそ最初の何者かであった。私はあの時のおのが身顫《みぶる》ひを今でも覚えてゐる。」とする自由劇場の第一回公演「ジョン・ガブリエル・ボルクマン」が上演されたのは明治四十二年十一月、「それはもうエクゾチズムの関与して来る世界では無かった。それは安易な心、良心の麻痺、惰性的な生活への天の雷火だっ

た。私の理想主義への火が此時から小さく育まれた」とするトルストイの内田魯庵訳『復活』後編は明治四十三年一月、丸善から出ました。

光太郎が『スバル』に「失われたるモナリザ」「根付の国」などを発表して、新たな詩人として出発した明治四十四年一月、『文章世界』に「髭の豊かな、ゴム《ママ》合羽を着た半身の」その写真が載ります。写真を見た直後、東京の夜にその顔に三度出会いました。一度は銀座のカフェ・プランタンの紗のカーテンのむこうで、食卓に向かってトランプの一人占いをしている、かすりの着物に縞の袴の光太郎に。二度目は霙の上野広小路で、冬だというのに筒袖の単衣に袴。傘もささずに古い麦藁帽子をかぶって、まるで疾風のように通り過ぎる光太郎に。そして三度目は神田小川町の電車通りで。「中年のおもかげ」（141ページの「主要事項解説」参照）とはすこし表現が違うので、「片思いの頃」から三回目の出会いの部分を写してみましょう。

そのすぐ近くの淡路町の角に、高村さんが令弟道利さんに始めさせた琅玕洞という美術店があった。……その夕暮二人が電車通りですれちがったのは、私がその店から出、高村さんがその店へ行くちょうどその時だったに違いない。今度こそ私は勇気をふりしぼって声をかけた。高村さんは立ちどまり、白い眼をして私を見た。私はとっさの思い付きで、自分は芸術を好きで、特にあなたの書かれる物に心酔している男ですが、外国の美術雑誌では何というのが善いでしょうかというような事をたずねた。すると「国内で手に入るものならスティデューが善いかも知れまん。英語です」。そう言い捨てると振り向きもせずにさっさと琅玕洞のほうへ行ってしまった。初めて聴いた高村光太郎の声だった。……私はそれだけで感動して、別れてから一人顔を赤らめ汗をかいた。

高村さんに即して言えば、その年四月、新しい美術運動の拠点として時代に先駆けて始めた琅玕洞は大変な赤字で閉鎖し、企てた北海道移住も挫折。頽唐《たいとう》の日々のなかで出会った長沼智恵子との恋愛。明治四十五年六月には新しいアトリエが完成します。それから大正に改元された十月、ヒュウザン会の展覧会が開かれ、雑誌『ヒユウザン』が出、間もなく『フュウザン』に変わり、大正二年の生活社、雑誌『生活』が生まれます。尾崎さんが最初に訪問したのが新しいアトリエ（昭和31・6「初めて会った日の高村さん」）だったとすれば、その時期は明治四十五年七月から翌年にかけて、いつとはにわかに定めるわけにはいきません。尾崎さんが「たしか七月の事だったと思う」と書く七月が明治四十五年七月とすればアトリエ完成直後。大正二年七月とすれば上高地に出発する直前。「愛と創作」が暗示する生活社展のあと、最初の手紙を書いてから間もない時期とすれば、それは大正二年の秋にまで下ることになるでしょう。

大正三年十月、最初の詩集『道程』が出来た時、勤めていた高田商会の玄関に高村さんがそれをとどけた挿話を、尾崎さんはしばしば書いています。とすればその時期には、十年近い年齢差を越えて、共感はすでに深い筈です。高村さんが尾崎さんにおくった『道程』には「ルカ伝」第十章のイエスの言葉「無くて叶わぬものは只一つなり。マリアは善きかたを選べり。こは彼より奪うべからざるものなり。」をフランス語で書きつけてあったといいます。大正五年に書かれた「愛と創作」を子細に点検すれば、『道程』味読の跡を随所に見出だす事ができるでしょう。最初の訪問の期日をめぐる詮索は、いまのところそのあたりまでしか届きません。

『尾崎喜八資料』特別号（第17号）尾崎喜八研究会二〇一九年二月

ロランと光太郎をめぐる人々

主要人物生没年　（順不同・主要事項解説参照）

高田博厚　　明治33－昭和62年（1900-1987）。

井上康文　　明治30－昭和48年(1897-1973)『尾崎さんと高村さん』参照。

片山敏彦　明治31－昭和36年(1898-1961)。

高橋元吉　明治27－昭和40年(1893 -1965) 大正〜昭和の詩人。『愛と創作』参照。

江渡狄嶺　　『尾崎さんと高村さん』。

黄　瀛　光緒32（明治39）－平成17年(1906-2005) 中国の詩人、軍人、教育者。

ロマン・ロラン（Romain Rolland, 1866 - 1944）。

エミール・アドルフ・ギュスターヴ・ヴェルハーレン（Émile Adolphe Gustave Verhaeren、1855 - 1916）。

モーリス・メーテルリンク（Maurice Maeterlinck, 1862 -1949）。

扉の写真

「ロマン・ロランの会」によるシャルル・ヴィルドラック夫妻訪日歓迎パーティ。大正 15 年日本橋ソーダファウンテンにて（撮影者不明。）後列右端が尾崎。左から2人目が高村。解説は「主要事項解説」p 151 参照。

一　アトリエにて

最初の光太郎アトリエ訪問の情況については『尾崎喜八資料』16号の「中年のおもかげ」（2）にまかせ、ただそこで、原形「初めて会った日の高村さん」（のち「初めて見たアトリエ」）に補った高村さんの言葉だけを記録して置きましょう。終始袴の膝に端然と両手を置き、「結局自分は文学で身を立てたい」という尾崎さんの話を聴いていた高村さんは答えます。

芸術の道がどんなに険しく、芸術の生活がどんなに困難なものであるかを思えば、むしろ何不足ない実業家の子息として、しかも一人っ子として、両親もそれを期待し君自身もそのための教育をうけた実業の道へ、芸術に対するのと同じ熱情と信念とをもって向かって行くことを奨めたい。しかしもしも今後君のその熱望がいよいよ燃えさかって、芸術以外の世界ではとうてい生きられないという時が来たら、それこそ君の運命だから喜んでそれに従うがいい。いずれにせよ、何よりも大事なことは、自分の内心の声を聴いて決しておのれを偽らないことだ。……豊かな心と賢い知恵とで、おもむろに君の運命を養い花咲かせるのがいい。

そして高村さんはメーテルリンクに興味を示す尾崎さんに、「『知恵と運命』という深く美しい本のあることを」教えるのです。ずっと後で尾崎さんが書いた高橋元吉を偲ぶ文章「若き日の友の姿」(昭和40・4『本の手帖』)で

高橋元吉はわけても柳宗悦に私淑していたので、その影響からこのベルギーの詩人の哲学的著作に心酔し、私をもその渦中に引きこんだ。おそらく互いに高の知れた語学力だったに違いないが、それでも若さと熱意は恐ろしく、一と夏かけて高橋が『知恵と運命』の全巻を、私が『蜜蜂の生活』や『花の叡智』や『裏庭』の大半を読破した。……その間頻繁にやりとりする

手紙のほかには、一年に二度か三度しか会えないような境遇だった。

と記す、そのメーテルリンクです。

大正三年七月二十八日には第一次世界大戦がはじまりました。ロマン・ロランはスイスに止まり、八月二十五日の日記に書き留めます。「わが神よ、わが祖国とわが友等とを救うためならば、私の幸福、幸福のあらゆる機会、私が愛着しているもの、そして私の生命を献げるでせう」。片山敏彦の『ロマン・ロラン』評伝（昭和12・10 六芸社）が伝えるこの言葉は、どうしたことか後の『日記』（昭和31・7 みすず書房）からは消えていますが、それはパウロがロマびとに与えた手紙のなかの「もし我が骨肉、同胞、肉による同国人のためになるのなら、私がキリストから引き離されて、のろわれた者となる事さえ願いたいのです。」（「ロマ書」9・3）を思いおこさせ、人間存在に深くわだかまる民族愛、国家愛、ひいては自我愛の根強さを暗示して、重く、はるか後の高村さんや尾崎さんにも届きます。ロランはこの日から、あとで高村さんが翻訳することになる詩「平和の祭壇」

（"Ara Pacis"）を書き始めていました。

「愛と創作」を書き進めた大正四年には、尾崎さんは高村さんと智恵子夫人の棲む駒込林町のアトリエで、つねに迎えられる客でした。すでに塚田隆子を愛し初めていた尾崎さんにとって、西欧の詩や、優れた知性としてのロマン・ロランに導かれた音楽について、高村さんと共に語るのはどんなに喜びだったことか。高村さんの音楽への熱愛は、例えば明治四十三年一月の『趣味』に発表された「詩歌と音楽」などに見るように、はるか以前に遡ります。

三　音楽への誘い

雑誌に小説が載った昴奮の余韻も残るある日、高村さんも初めに読んだというロランの『今日の音楽家』（"Musiciens d'aujourd' hui"1908）の出たばかりの英訳本（"Musicians of To-day" Translated By Mary Blaiklock.　Kegan Paul, Trench,

Trubner, London, 1915）が尾崎さんの手にはいります。そして「渇いた者が泉に出会ったように」始めた翻訳は、直ちに『白樺』誌上を飾るのです。大正五年四、五、六月には「ベルリオオツ論」、七月には「フーゴー・ウオルフ」、九月には「ワグネル」、十月には「リヒアト・シュトラウス」、十一月には「クロード・デビュッシー」。そしてその年十二月十八日、洛陽堂から「長与善郎君の家庭にありし日の紀念のために」の献辞を添えて、ロマン・ロランの『近代音楽家評伝』が刊行されました。尾崎さんの最初の本です。洛陽堂は大正六年以後白樺社に移るまで、雑誌『白樺』を発行し、何冊もの同人の書物を刊行している出版社でした。

高村さんはその「デビュッシー」の章を明治四十四年三月号の『太陽』に「クロオド・デビユツシイの歌劇―ペレアス、メリザンド―」として訳出していますが、これこそロランの文章の日本で最初の翻訳でした。

尾崎さんが、同じ年に出た同じ訳者の"Musiciens d'autrefois"を持っていたことも、この本にそこから訳出した「モーツアルト」を加えていることで分かります。

大正五年十一月に高村さんが編んだ『ロダンの言葉』が阿蘭陀書房から刊行され

ましたが、同じ月の二十七日にエミール・ヴェルハーランがルーアンで鉄道事故死し、十二月九日には夏目漱石が四十九歳で亡くなりました。

『白樺』で「ベルリオッツ論」となっている最初の評伝は、単行書では「ベルリオ」に改められ、『白樺』の大正六年八月から大正九年十二月まで十八回に渉って連載されたエブリマンズ　ライブラリイの Katharine F. Boultk 約篇《ママ》"The Life of Hector Berlioz-as written By himself in his Letters and Memories" の翻訳「ベルリオの手記」でもその表記が踏襲されます。

その訂正の理由について尾崎さんは、

> 今日ではベルリオーズと発音したり書いたりするのが正しいとされている「ファウストの地獄堕ち」や「幻想交響曲」の作者の名を、少数の専門家以外はその名も知られず、いわんやその作品も公には一度も演奏された事のな

い大正七年から九年にかけての音楽的日本のあの頃、「南フランスの出の人だから、語尾を消してベルリオと言ったほうがいいでしょう」と教えてくれたのは高村さんその人だった。（昭和32・7「思い出（その一）」――ラコッチイ・マアチー）

と書いています。

文中の大正七年は五年にまで遡らなければなりませんが、高村さんはその当初からいつも尾崎さんの翻訳上の疑義の相談相手でした。

尾崎さんと平行するように『白樺』誌上には、高村さんのホイットマン『自選日記』の部分訳（大正6・2〜12）が載り、続いて大正七年一月号の「ロダン追悼付録」から「ロダンの言葉」が始まって、大正八年四月の「第十周年紀念号」まで断続して終ります。のち『続ロダンの言葉』の内容をなす訳業です。ロダンは大正六年十一月十七日、七十七年の生涯を閉じました。追悼号には尾崎さんも小説や翻訳と一緒に、「ロダンの死を悼みて」という文章を載せています。

三　ロダンとベルリオーズ

ところで大正九年の高村さんの誕生日、一九二〇年三月十三日の日付を持つ『続ロダンの言葉』の序文に、こんな一節があります。

○「ロダン手記」の大部分はアメリカで出版されたクラデル女史のロダンの評伝から抜いた。はじめそれを尾崎喜八君と一緒に訳すつもりでゐたところ、尾崎君は火事の為に御自分の原稿を全部焼かれてしまつて、私の訳だけになつた。いろんな事が思ひ出される。

高村さんがパリで食べ物をきりつめてまで買ったというクラデルのベルギーで出た大冊"August Rodin: l'oeuvre et l'homme" (1908). は有名ですが、これはのちクラデルが編集して、大正六年、一九一七年にニューヨークの THE CENTURY CO. から英語版で出した"Rodin, the Man and His Art, with leaves and his note-Book"で、十月に初版が、翌年八月に再版が出ています。

高村さんは大正七年四月に発行した水野葉舟との冊子『智慧』の第一号に、その本のロダンの手記から「花についてのロダンの言葉」を訳しているので、初版刊行の直後にすでに入手していたのでしょう。大正七年九月の『白樺』に載った尾崎さんの小説「落ちたる蕾」にも毎日ロダンの翻訳にかかっている主人公が登場し、小泉鉄も六号雑記でそのロダン訳への期待を表明しています。「ベルリオの手記」と全く重なる時期です。恐らくこの本の三つに分かれる真ん中の部分、"RODIN'S NOTE-BOOK"を高村さんが訳し、前と後ろ"THE CAREER OF RODIN" "THE WORK OF RODIN"を尾崎さんが分担して叢文閣からでも出版しようと考えたのでしょうか。すべての訳稿が失われた火事というのは、いったい何時のことだったのでしょう。「いろんな事が思ひ出される」という言葉の裏には、どんな尾崎さんとの交遊の記憶が畳み込まれているのでしょう。

その間にも尾崎さんの身辺には様々なことが起こりました。大正八年二月の愛人隆子の死と、その後の「時々高村氏を訪ねるほかは人とも会わず、心に荒涼を抱いて歩きまわった」虚脱。十二月の朝鮮銀行入社。京城本店へ赴任して、仲間と回覧雑誌『山脈』などを作ってみても、そこはついに満たされないエリートの社会。病気という理由で、年末には東京に舞い戻ります。

東京へ帰るや本郷の西片町に下宿を求め、高村氏とも頻繁に会って一緒にたびたび飲み食いにも出かけ、ベートーヴェンやベルリオーズの音楽にも感銘を共にし、彼の感化でヴェルアーランの詩を真剣になって読み、自分でも詩を書きはじめ、その推挙で牛込の叢文閣からベルリオーズの『自伝と書翰』という翻訳書を出すことができ、また伴われて荏原郡平塚村字下蛇窪の静かな田舎に水野葉舟氏を初めてたずねた。そしてここで初めて氏の長女で当時十五歳の実子という娘を見た。大正八年、大正九年のこの二年間、ともすれば自暴自棄に陥りかねない私を、常にこまかな温かい心づかいで兄のようにみとってくれた高村氏は、まことに救いの大天使であった。（年譜）

尾崎さんの人生の重大事が凝縮されていますが、ここでは若干の注釈を加えるだけに止どめましょう。

西片町というのは、後に高田博厚が書く森川町の記憶ちがいで、尾崎さんはその前には芝に下宿していました。すぐに関わりがあるので高田の証言を写します。

その頃、尾崎は芝の田村町に下宿していた。彼はマンドリンを弾いており、その先生が株屋に勤めている倉田賢二だった。これは前橋の男で、尾崎の親友だった高橋元吉の細君の兄だった。前橋にいる頃には萩原朔太郎といっしょにマンドリンを演っていた。倉田の叔父さんに当る山崎という人が日本銀行の料理人頭で、名人だったが腰の低い庶民で、二人の美しい小さな娘がいた。この家に尾崎が下宿していたのである。私もよく訪ねた。尾崎は下の娘をとくに可愛がっており、彼のことだから、山崎の両親に「僕にくれませんか……」と言ったらしく、親の方もその気になっていた。彼は三十歳ちかく、娘の方は十二・三歳だったろうが、親にとって「くれませんか……」というのは「嫁にやる」ことと思っていたようだ。

（「おもいで」昭和49・6『アルプ』特集「尾崎喜八」）

大正十年三月から五月まで『白樺』に載せたロランの「コラ ブルニヨン」の訳はその時期の仕事でしょう。

有島武郎の親しい友足助素一の経営する叢文閣は、高村さんの最も信頼する出版社でした。高村さんの『続ロダンの言葉』が大正九年五月にそこから出、尾崎さんのベルリオーズが十二月に出ます。尾崎さんが最初に訳した『音楽家評伝』のなかで、ロマン・ロランが「彼が如何に多くを音楽及び彼自身の生活に就いて書き記し、そして如何に其の奇智と理解とを彼の抜目なき批評及び美しい『メモアル』の内に示したか」と書き、「彼の『メモアル』は全体として、音楽家によつて曾て書かれた内の最も喜ばしい書物の一つである。」とした、その「メモアル」です。

尾崎さんのこの第二の訳書は高村光太郎、高橋元吉、倉田賢二に捧げられていました。倉田は高田の証言にもあるように、元吉が大正五年十一月に結婚した倉田菊枝の兄で、元吉より二歳年下でした。萩原朔太郎にマンドリンを習い、その倶楽部のメンバーでもあります。北原白秋ともかかわりを持ち、元吉に朔太郎を引合わせたのも倉田でした。尾崎さん側からの交遊の記録は見当たりませんが、大正七年には上京して証券会社に勤めていました。自らはしばしば倉田健次と名乗っています。

翌年十二月、復刊『明星』第二号に発表された高村さんの新生を彩る長大な詩「ベルリオの一片」(のち「ラコツチイ マアチ」)は「『ベルリオ自伝と書翰』の訳者わが敬愛する詩人尾崎喜八氏に献ず。」の添書きを持ちますが、後の改作で削られた、終りに近い「ああ、ムツシユウ、ムツシユウ、」で始まるフランス語の部分は、殆ど尾崎さんの訳文と同じ形式を持ち、訳出に高村さんの助言があったことを思わせます。全訳された高村さんのホイットマンの『自選日記』が同じ叢文閣から刊行されたのは、大正十年九月ですが、序文に「戦争記事や、アメリカ特殊の動植物の記事などには弱った。」と書くその動植物名の調査を、動植物が好きだった尾崎さんが手伝ったという話を、尾崎さん自身から聞いたことがあります。すでに尾崎さんと高村さんはともに在る者だったと言っていいでしょう。

水野葉舟や、長女「当時十五歳の実子という娘」、後の尾崎実子夫人のことは『資料』3（本書P17〜47）の「尾崎さんと高村さん―聖母子像をめぐって――」に書きましたから、それに譲ります。

Ⅳ　詩への出発　高田博厚

高村さんが「わが敬愛する詩人」と書いた大正十年は、尾崎さんがまさしく詩人として出発した年でした。

高田博厚が尾崎さんとの出会いを書いています。

ある日林町へ行くと、ひげを生やした細い体付の先客がいた。尾崎喜八と紹介された。朝鮮銀行に勤めて、京城にいたのを、そこを止めて、東京に戻って来、直ちに高村を訪ねた日であった。私は彼の名を「白樺」で知っていた。その頃は高村も尾崎も私もロマン・ロランに傾倒していた。それでアトリエを二人いっしょに辞して、帰り道夢中でしゃべり合った。これが尾崎との長い友情のはじまりだった。（「おもいで」）

尾崎さんの紹介で大正十年一月号の『白樺』から翌十一年七月まで十三回に渉って、高田の「ミケランジェロの手紙」が載りはじめます。高田は大正七年に郷里の福井から上京し、同郷の画家富沢直に誘われて高村さんを訪ねて以来その身辺にありました。富沢は水野葉舟を介して高村さんを知っていたといいます。高田は大正九年に東京外語学校イタリア語科を退学、大塚の二間きりの借家で結婚し、母と小さな妹と住んでいましたが、高村さんが岩波書店に紹介してくれたコンディヴィの『ミケランジェロ伝』を訳すために、かつて石川啄木も居た本郷森川町一番地の蓋平館別荘に下宿していました。間もなく尾崎さんも芝からその下宿に合流します。

高田が詳しい注をつけた『ミケランジェロ伝』が出たのは大正十一年六月になってですが、その訳者序に書き留めています。

この稿は昨年の六月に始めて十二月に終つた。（勿もミケランジエロの事を研べ出してからは三年になる）その間夏から冬まで私は親友尾崎喜八君と同じ家に住んでゐた。尾崎君はこの書の後に出るユデイト　クラデルの「ロダンの人と芸術」を訳してゐた。（後不時な災害の為に同君はその原稿の半ばを失つたけれども）昼と夜、互ひに自分の仕事と翻訳にいそしみ、昼自身の仕事に没頭した事に勇気附けられて、夜訳筆を取り上げたあの生活を、私は忘れる事が出来ない。この本の出るのを楽しみにし、励ましてくれた同君の友情に感謝する。この書をその記念ともしたい。気ながにこの本を待つて下さつた他の友達諸君にも感謝する。

ここでも、かつて高村さんとの共訳を企て、火災で訳稿をすべて失ったというクラデルの本が現れます。そして今度も「不時な災害の為に」原稿の大半を失うのです。ただクラデルの本の「手記」の大部分はすでに高村さんによって翻訳され、『続ロダンの言葉』に納められているので、ここでどんな本が企画されたのかはよく分かりません。

高田は先に引いた「おもいで」のなかで「尾崎は高村に頼んでクラデルの『ロダン』を岩波から出す印税を前借して、毎月八十円を支給してほしいと交渉した。岩波は承諾した。……結局『ロダン』は刊行されなかった。」と補足し、当時の生活を次のように続けます。

下宿生活で、私は二階、尾崎は一階の部屋を占め、私は六畳の広さ一杯に参考書を拡げ、猿股一つになって原稿を書きだし、尾崎は詩を書きはじめた。一つ出来ると飛んで来て読みあげた。彼の第一詩集『空と樹木』時代である。これはある日二人で向島の百花園まで散歩した折、あそこの楽焼の壺に尾崎がヴェルレーヌの「Le ciel est, par-dessus le toit, Si bleu, si calme! Un adbre, pardessus le toit, bercesa palme.」を書き込んだ、それから暗示されたらしい。私もまたこの下宿で彫刻を始めた。

ヴェルレーヌの詩句はその昔、高村さんがパリで読んで感動して以来心を去らない『叡智』("Sagesse"1889）第三部のⅥ、「屋根のむこうの静かに澄んだ空！・屋根のむこうの葉をゆする一本の樹！・」で始まる冒頭の部分。高田の最初の作品は「空と樹木」を飾った尾崎さんのブロンズ像ですが、尾崎さんもまたその詩集に日本で最初の高田論、「高田博厚君について」を書いてそれに応えます。

詩話会の編む新潮社の年鑑『日本詩集』1922版は「大正十年詩壇の主な事項」として五月に詩中心の雑誌『新詩人』の創刊を記録し、同人として井上康文、花岡謙二、荻原泰二郎、林信一、恩地孝四郎、尾崎喜八、宵島俊吉、竹村俊郎、多田不二、大藤治郎、藤森秀夫、相川俊孝、霜田史光、沢ゆき子、斎藤重夫の名を挙げ、初めて尾崎さんの詩「野薊の娘」「芝生」を掲載します。『新詩人』の実質的な主宰者は井上康文でした。

　此の年、詩壇もまたひときわ賑わいました。四月に千家元麿の詩集『野天の光』、光太郎訳エリザベト・ゴッホ『回想のゴツホ』、七月に日夏耿之介の『黒衣聖母』、千家の『太陽の愛』が刊行され、十月には光太郎訳のヴェルハアラン詩集『明るい時』も出ました。妻マルト、「私の傍に生きる者へ」贈ったその最初の愛の詩集を、高村さんは共に生きる智恵子のために訳したのです。そしてそれは結局のちの詩集『智恵子抄』の空白を埋めることになります。長谷川巳之吉と大藤治郎が編み、長谷川の玄文社から芸術主張や同人制によらない詩誌『詩聖』が創刊されて、尾崎さんに発表の舞台を提供したのもこの月でした。十一月には有島武郎の『ホヰットマン詩集』第一輯が叢文閣から出、『明星』も十四年目に復活して、高村さんの「雨にうたるるカテドラル」を初めとする、新たな山稜が形成され始めるのです。

　高村さんが詩「ベルリオの一片」を発表したのは『明星』十二月号ですが、それ以前の事として尾崎さんは書いています。

私達が蓄音機を持つようになつたのは、その後『ベルリオ自伝と書翰』が出た時から」しばらくたつてからだつた。高村さんのはコロンビアの蓋付、私のはヴィクターの裸だつた。レコードは相談して重複しないように買つた。二人のを一緒にしても貧弱というべきレパートリだつた。しかしその中で高村さんはベートーヴェンの「エグモント」を持ち、「ラズモフスキー四重奏曲」第三番のフーガを持ち、私はベルリオーズの「カルナヴル・ロマン」と「ラコツチー行進曲」とを持つていた。………浅草の中清や米久へ晩餐を食いに出かけて、したたか飲んで、酔歩まんさん、池ノ端から根津・団子坂を経て駒込林町のアトリエへ。さてそれから本気になつて、午前三時頃までベートーヴェンを聴いた事さえ幾度かある。ベルリオーズの自伝と書翰の出た翌年、或る日私の不在の下宿へ高村さんがたずねて来て、置手紙をして「ラコッチー行進曲」のレコードを持つて行つたことがある。手帳を引き裂いて鉛筆で走り書きしたその手紙には、「ラコッチイを聴かざれば今夜眠りがたし。お留守なれども借用す」とあつた。こんな事はたえてしたことのない高村さんだけに、私はこの尊敬する先輩の隔てのない仕方にかえつて感激し、その止む能わざる切迫した気持をいろいろと楽しく想像した。

このあたりは大正十一年一月の『明星』に載った高村さんの詩、「わたしと友とは有頂天になつて、／いかにも身になる米久の山盛牛肉をほめたたへ、／この剛健な人間の食慾と野獣性とにやみがたい自然の声をきき、／むしろこの世の機動力に斯かる盲目の一要素を与へたものの深い心を感じ」る「米久の晩餐」の背景でもあったのでしょう。

高村さんは「触覚の世界」（昭和3・12）というエッセイの中で「私は一時、一晩でも音楽をきかないと焦燥に堪へられない時があつた。今考へ合せてみると、それは私が制慾剤ルブリンで僅かに一日を支へてゐた頃の事である。」と書いていますから、楽しいとのみは言い切れませんが。

高村さんの書いた「ベルリオの一片」はのち大きく改作されて「ラコッチイ マアチ」になりましたが、オーストリアに対するハンガリアの革命の指導者フランシス・ラコッチイの名を持つこの民族的な行進曲を編曲し、初めて演奏するベルリオーズの姿を描いたその詩に響き返す様に、尾崎さんは、燃え立つ青春の思いに溢れる詩「カルナヴル　ロマン」（「ローマの謝肉祭」）を、殆んどかけ目のない技巧で書いてそれに応えています。そんな煮えたぎるような詩と音楽の時代でした。「カルナヴル　ロマン」はいまだに理解されないままでいるオペラ「ベンヴェヌウトチエリイニ」第二幕の序曲として後に書き足されたもので、「ラコッチイ　マアチ」は劇的カンタアタ「ファウストの劫罰」の第一部のフィナーレに置かれましたが、いずれも単独な名曲としてしばしば演奏されるものです。

Ⅴ　最初の詩集

『新詩人』に始まった尾崎さんの詩の舞台は、『詩聖』や『日本詩人』『成長する星の群』から『嵐』『帆船』などの同人誌、『読売』や『時事』などの日刊紙にまでひろがって行きました。自分を世の中に押し出す二つの詩集の構想が生まれたのは、かなり早い時期だったように思われます。詩集の名前は突然天啓のように来ました。『空と樹木』とそしてもう一冊の小さい詩集『風に吹かれる草』。その報せを受けた高村さんは直ちにエールを送ります。

御葉書見ました。あなたの二つの詩集を私がどんなにたのしみに待つてゐるかは、恐らくあなたの想像以上でせう。あなたが詩の世界に出て来た事は、私等の心強さを増す事です。

唯一至上のもの、さうです。それより外はありません、その命ずるままに各自が生きるより外は。そして日常の瑣事が悉く光を発して詩歌となる世界へ入る事です。
私はこの頃自分の内の火の、自分一個のものでない事を驚き感じてゐます。
この炎に形を与へることこそ一大事。

尾崎さんに与えた光太郎書翰の大部分は、残念なことに何時の頃か失われて残りません。これは『詩聖』大正十一年六月号の随想「碧落荘私記」に尾崎さんが記録したものです。

小さい詩集は結局陽の目を見ませんでしたが、最初の詩集『空と樹木』は大正十一年五月十日、玄文社詩歌部から刊行され、第一部「我がリトム」が「高村光太郎兄に」、第二部「空と樹木」が「千家元麿兄に」贈られます。玄文社は後の第一書房です。

高村さんに親しんだ初めが『道程』時代であることを思えば、完璧に近いこの詩への出発はいかにも尾崎さんらしいと言っていいでしょう。詩集の「序」で尾崎さんはその詩的出発を宣言します。

たとへ如何なる環境にあつても私は歌うことを第一としたい。……人間としての私の存在の理由は、私自身がより正しく生きる事によって歌ひ、より明らかにより美しく歌ふ事によつて生きるといふ、この単純で熱烈な要求を実行する事の外にはない。それでこそ私の生存に言訳が立つのである。そしてこの事は理屈でもなければ空想でもなく、常に私のうちに生きて育つてゐる実感である。

『空と樹木』を読むものは、水野葉舟一家、ことに健気な幼いカテージメード実子や、移り住んだ田園の風物が、湧きあがる源泉の清冽な水のようにきらめくのを見ます。野口米次郎を知り、田中冬二を知り、中野秀人を知ったのもこの頃でした。

『空と樹木』はしかしもう一つの重要な出来事を生みます。英文で書いた手紙を添えて詩集はスイスのロマン・ロランにも送られ、そして七月十六日の美しい朝に、「水色の封筒に小鳥の抜毛のような特徴のある文字で、端麗でしかも雄勁《ゆうけい》に書かれた」ロランの返事が届きます。

幸いにロランが、おそらく詩集が届いた直後の六月二十四日、スイス、ヴィルヌーブのヴィラ・オルガで書いた手紙が記録されていて、みすず版『全集』36の「日本人への手紙」に訳文が収録されています。

親愛なる尾崎喜八

愛情のあふれたお手紙とご本とを受け取りました。心からお礼を申します。あなたの詩が読めないことを悲しく思います。あなたのお写真のお姿は、私には未知のものではありません。私の友のリヒアルト・シュトラウスが若かった頃とよく似ているところがあります。彫刻もりっぱで、ロダンの作品にひじょうに近いもののように思われます。

私の作品が日本であなたがたのような読者や友を見いだしたことをうれし

く思っています。私の作品が、世界のいたるところで迫害をうけている人間の自由を擁護することに、役立ちますように！　またあなたがた極東の民族と、われわれ西洋の民族とに、精神的な友愛の関係をつくりだしますように！　私自身にとってはもう久しい以前から、私の精神は国境というものを認めずにいます。

私たち自身の個性をいささかも否定することなしに、いやむしろ個性を高めつつ、人類の大交響曲を作曲しだすことに努めましょう。

あなたのお手を握りしめます

ロマン・ロラン

それがどんなに尾崎さんを感激させ、むしろ狂喜させたかは想像にあまりあります。そしてのちの「ロマン　ロランの友の会」のそもそもの始めがここに芽生えるのです。

高村さんもまたジュネイヴのサブリエ書店から出版されたロランの戯曲『リリュ

リ』訳を此の年十月の『明星』から連載し、翌年二月に終ります。雑誌がロランに届けられたことは、五月十七日に作られたローマ字の詩「Liluli」の草稿に書き添えたメモ、「『明星』をロマン　ロランに送りたる返礼として同氏より『リリュリ』を贈らる。此日到着。」からも分かります。

フランス・マズレエルの版画三十二面を添え、自ら原本の趣を再現した木版を彫って装幀した『リリュリ』訳本は、大正十二年九月の関東大震災を挟んで、大正十三年五月に古今書院から発行されました。

VI　結婚前後

尾崎さんについて言えば、大正十二年六月に仏蘭西書院から刊行したベルリオ『ベエトーヹン交響楽の批判的研究』の残本の大部分を九月の震災で焼き、父と和解し、「江渡幸三郎氏の家の近く、東京府豊多摩郡高井戸村大字上高井戸の畑地の中に一戸を新築して」、独身最後のクリスマスを祝いました。震災に先だつ五月には島津謙太郎の名に隠れて『詩聖』に尾崎さんの「高村光太郎論」が載り、八月の『日本詩人』には高村さんに贈る、積年の思いを込めた長大な詩「古いこしかた」があったことも記録して置きましょう。

水野実子との結婚は大正十三年三月のことでした。狄嶺江渡幸三郎は大正二年から高井戸村に住み、水野葉舟は大正四年から平塚村下蛇窪に住んで親しい交わりが続いていました。狄嶺の年譜は大正五年頃の項に、この頃、「水野葉舟、山村暮鳥、高村光太郎、下中弥三郎、柳敬助らを知る」と書き留め、妻ミキの残した日記にも高田博厚、更科源蔵らの名が現われます。高田は大正十一年半ばには狄嶺の首を作り始めていました。

尾崎さん移住前後のミキの日記、

大正十二年十月二十八日　日　尾崎さん一人、外に服部さん、高田博厚さん、何れも食事の支度にて大多忙。

大正十二年十一月十七日　土　尾崎さんの建上でき。夕方、服部さんお出でになり泊る。皆で温床の障子貼り、尾崎さん大いに働いて下さる。

大正十三年三月二十日　木　尾崎さんの結婚日なり。お母さんお出でになる。水野家よりは御母堂・大久保さん・高村さん・水野さんお出でになる。尾崎さんより、折を五人分頂く。吉田先生お出でになる。

結婚式では尾崎さんの介添えは狄嶺が、新婦の介添えは高村さんがつとめています。

ほとんど収入にもならない詩を書き、幾らかは生活の足しになる散文や翻訳の仕事をしながらの自給自足の日々でしたが、ここにはつぎつぎに沢山の友達がやって来ました。

高田博厚、片山敏彦、上田秋夫のような連中は荻窪や西荻窪に住んでいて近くもあったので、頻繁に訪ねても来れば訪ねても行った。

高村氏も四五回か来た。一度は智恵子さん同伴だった。中野秀人も菊岡久利もたびたび来た。一々名を挙げれば切りは無いが、更科源蔵と真壁仁との名は書いて置きたい。みんな若くて燃えていて、それぞれの人が固有の夢と信念とを育んでいた。武蔵野高井戸の田舎の小屋に談論は風発し、ヴィクターの小函からベートーヴェン、バッハ、ベルリオーズらの音楽が流れた。二人の女、新妻実子とその妹とは台所でくるくる舞だった。（「年譜」）

六月、その新生活を自祝するように、尾崎さんは新詩壇社から第二詩集『高層雲の下』を刊行しますが、その扉にはロマン・ロランへの献辞"AU TRES GRAND ET CHER/Romain Rolland/Sincérement /K. O."が印刷されていました。

Ⅶ　ロランと光太郎をめぐる人々

震災の年の暮れ、当時東京外国語学校のドイツ語科の生徒だった田内静三が高田博厚に会います。田内は高知生まれで、高田と同じ年でした。翌年春、田内は高田につれられて光太郎アトリエに行き、田内は高田を片山敏彦に引合わせます。その片山や田内を尾崎さんに紹介したのも高田だったし、片山を高村さんのところに連れて行ったのも高田でした。同人雑誌『大街道』は、それに片山の高等学校時代からの友人吉田泰司が加わって、大正十三年の九月に創刊されました。それが具体的にはロマン・ロランの友の会に移行することになるのです。

しかしその前提として、ロマン・ロランをめぐる日本の出版界の一つの動きも記録しておかなければなりません。

高村さんの「リリュリ」訳が古今書院から刊行されたのは同じ大正十三年五月で

したが、その巻末に書院主のロマン　ロラン訳書刊行趣旨が添えられています。

今日、全欧羅巴の闇を照す唯一の光りであり、その燃ゆる良心であり、何にも優つて「魂」の自由と、正しさと、剛健さを愛するロマン　ロランの著作に溢れた、真に雄々しきもの、真に麗はしきものは、混濁の世に在つて一路を精進する不断の若き魂に、如何ばかりの慰めと力を与へることか！　彼は、世界の何処の隅からでも、この信頼すべき「仲間」が生まれ出るのをじつと偵察し、待つてゐる。今最も興味深く、希望ある日本に、彼の精神、または彼を中心とする「ユーロウプ」の様な雰囲気が醸され横溢することを希ふ。

既にロマン　ロランの邦訳書は数多出版されてゐる。これらは、それぞれよき役目を果した事と思ふ。日本に取つてロマン　ロランは目新しくはない。が何はあれ、私は如上の為にのみ今後彼のもの、よき訳書を出版して行きたい。敢て全集を期しもしなければ、また急ぎもしない。大袈裟にもやらない。只もつとも信頼し得る訳書を、最も応はしき訳者を得るに従つて出版して行きたい。故にこれは別に系統的にはならないだらうけれども、他日これらが自づと全集の形に纏まるならば、ロマン　ロランの為、また日本のよきものの為、私は自分から願ふ喜ばしき義務を果す訳である。茲にロマン　ロランの訳書刊行の趣旨を明かにし、併せて本計画中の近刊書目を公開する。

リリュリ　高村光太郎訳
ベートオヱン　高田　博厚訳
ピエルとリュス　田内　静三訳
時は来らん　片山　敏彦訳
ミレー伝　高村光太郎訳
古代への音楽紀行　大沢　　章訳
ガンヂー　片山　敏彦訳
コラ　ブリユニヨン　高村光太郎訳

以下続刊

大正十三年四月二十五日　古今書院主人

古今書院は岩波書店で修行した橋本福松が、大正十一年に創業した出版社で、のち地理学関係の専門出版社として知られるようになりました。おそらくこの趣意には高村さんの考えも多分に取入れられている気配がありますが、訳者のなかに尾崎さんの名前はまだ現れません。大沢章は明治二十二年に東京帝国大学を卒業。大正九年、フランス留学中にロランの知遇を得、『先駆者』の翻訳を許されたりしています。

大正九年から十年にかけて、豊島与志雄の『ジャン・クリストフ』訳が新潮社から出、未完に終わった木村荘太らの『ロマン・ロラン全集』が、同じ頃人間社出版部から刊行され、雑誌『種蒔く人』もロランに関心を持ったりしましたが、古今書院の企てはみずみずしいもう一つの新たな胎動でした。

秋には高村さんの木彫小品の会が発表され、久しぶりに沢山の短歌が生まれました。

飛びたつとき吾が手な掻きてゆきし蟬の
　足の力の忘られなくに
小刀をみな研ぎをはり夕闇の
　うごめくかげに蟬彫るわれは

などにまじって

たのめてしかぶと虫をば高井戸の
　尾崎喜八は今宵かも採る
さいかちのかぶとの角を手に持ちて
　友も見つつしおどろきてあらん

の歌があり、尾崎さんの「駒込にゐる友達の彫刻家が／兜虫をほしいと書いてよこしたその日から、／雲の飛行さへ消息めいてなつかしい／日本の初秋の空の下、／武蔵野の片田舎では昨日も今日も兜虫狩！」で始まる詩「兜虫」（大正13・9・5『東京朝日新聞』）と照応します。

まはだかになりてわが書く夏の詩を
　のぞきたまふかヴエルハアランは
ひとむきにむしやぶりつきて為事する
　われをさびしと思ふな智恵子
この人を見よ
　　　ヴエルハアランはわがごとく
　妻を恋ふゆゑ間無くし作れり
わがわかき高田博厚剛腹の
　てのひらをもて風をとらへぬ

などの歌もあって、当時の高村さんとそれを取り巻く雰囲気がうかがわれます。『明るい時』に続く、高村さんのヴェルハアラン詩集『天上の炎』訳が新しき村出版部から刊行されたのは、大正十四年三月のことでした。尾崎さんのヴェルハアランの詩の翻訳もまた、殆ど大正十三、四年に集中します。後年、随筆「詩の勉強」（昭和14・10『新女苑』）の中で高村さんは年若い友、尾崎喜八、高田博厚、片山敏彦、高橋元吉の名を挙げ、「尾崎喜八君とよく炉辺でヴエルハアランを読み合つた楽しい日の数々を思い出す。ヴエルハアランからは其の伝統を背後に持つ秀麗なリトムと、壮大な構想と、熱烈な気魄と、真摯な人間性とを十分に味読した。」と書いたのは、震災を隔てて、この前後まで続く記憶でしょうか。

この年、高村さんは黄瀛や中野秀人の首を手掛けていました。

当時「東京朝日新聞」の文芸部記者だった中野秀人が、こんなエピソードを書き残しています。

高村光太郎さんは、すでに世間的には有名であつたが、詩人のことであつて見れば、新聞社としてはたいした取引はなかつた。私は、私の好みから彼のアトリエを訪れるようになつたのである。詩人の尾崎喜八さんの高村熱はたいしたもので、道で会うと、「何処に行くのだ?」と尋ねる。「高村」と答える。「うん、高村か」ともう眼の色が変つている始末であつた。私は、高村参りをしているように思われたくないので、こつそりと一人で行つた。思えば、無邪気と言おうか、バニテーと言おうか、大正末期にそうした情熱の一時代があつたのである。

私の「首」が作られたのは勿論本郷駒込のアトリエに於てであつた。……私は、私の「首」が制作される間じゆう、死なないことを工夫していたように思う。

(「彫刻、その『首』について」昭和33・2『高村光太郎全集月報11』)

高村さんに散文詩「ある首の幻想」(大正14・6『東京朝日新聞』)があり、尾崎さんに「中野秀人の首」(昭和3・1『詩集』のちに『行人の歌』昭和15年)、中野自身に「首」(昭和15・11詩集『聖歌隊』)の詩があります。

六月には、尾崎さんに長女栄子が生まれました。

七月にはまだ光太郎の名を知らない二十二歳の草野心平が、排日の余波をうけて動乱の中国広州嶺南大学から舞い戻り、九段の黄瀛の下宿曽寓に転がり込んで、中身だけ持ち帰った『銅鑼』三号の発送を始めます。

『尾崎喜八資料』特別号(第17号)『尾崎喜八研究会・二〇一九年二月』

各章の主要事項解説

石黒敦彦

「島津謙太郎のこと」

詩聖……玄文社詩歌部発行の詩誌。玄文社（のちの第一書房）の長谷川巳之吉と野村久太郎が発行人。一九二一年（大正十）―一九二三年（大正十二）。河井酔茗、野口米次郎、井上康文、尾崎などが執筆。玄文社詩歌部は、尾崎の最初の詩集『空と樹木』の版元。

高村光太郎全集……本文では、筑摩書房から高村の没後最初に刊行された全集を指す。十八巻・別巻一巻（一九五七〜一九五九年）。尾崎、草野心平他が編集委員に加わり、北川太一氏が編集実務にあたった。

歴程……一九三五年(昭和十）に、草野心平、中原中也、逸見猶吉、岡崎清一郎、尾形亀之助・高橋新吉・菱山修三・土方定一の八名により創刊。戦前から尾崎も参加した。宮沢賢治も物故同人であり遺稿は同誌に掲載された。戦後に復刊され、草野を中心に新同人を集めつつ、通巻五〇〇号を超えてなお刊行中。「尾崎喜八特集」を一九六一年と没後の一九七四年に組んでいる。

「尾崎さんと高村さん」

明星……同人結社東京新詩社の機関誌として、与謝野鉄幹が主宰となり創刊。第一次明星は一九〇〇年から一九〇八年まで刊行された詩歌を中心とする月刊文芸誌。第二次は一九二一—一九二七年。ともに高村、尾崎の発表の場となる。

スバル……一九〇九年から一九一三年までに刊行されたロマン主義的な文芸雑誌。「明星」廃刊以降、明星が果たした役割は後進の『スバル』へと引き継がれた。高村の「五月のウナ電」は、復刊後の第一号、一九三二年（昭和七）七月号に掲載された。（「第二部 配達された「五月のウナ電」本文を参照）

日本詩人……大正末期・昭和初期の詩誌。「詩話会・新詩会・詩人会」の項参照。

新詩人……大正末期・昭和初期の詩誌。「詩話会・新詩会・詩人会」の項参照。

アルス美術大講座……全十巻。北原鐵雄編、アルス刊、一九二六—二九年。装幀＝恩地孝四郎。北原鐵雄（一八八七—一九五七年）は白秋の実弟、出版人。写真、文学、科学の出版社・アルスを設立し、代表を務めた。白秋との関わりもあり、高村の「美術大講座」、尾崎の「雲」の出版など関係が深い。

「紫とピンク」……柳敬助が描いた水野（尾崎）実子の肖像画。「愛と創作」主要事項解説146ページを参照。

蠟梅忌・連翹忌……高村光太郎智恵子を偲ぶ連翹忌は、高村の没後、その命日四月二日に催される会合。現在は小山弘明に引き継がれ令和七年には六九回となる。会の名前は故人の好んだ連翹の花にちなむ。

尾崎喜八の蠟梅忌は、命日の二月四日近辺の土曜日に開かれ、墓所の明月院の冬の花・蠟梅にちなんでいる。コロナ禍による中断をはさみ令和七年には五〇回となる。

詩話会・新詩会・詩人会……大正末期～昭和初期の詩壇の動向

詩話会（一九一七—一九二六年）大正末期～昭和初期の詩人・詩誌の大同した会。川路柳虹、山宮充らの提案で、『感情』(萩原朔太郎、室生犀星発行)、『伴奏』(川路柳虹発行)、『詩人』(柳沢健、富田砕花、山宮、日夏耿之介、西条八十、白鳥省吾発行)に属する詩人たちを中心に参加。年刊『日本詩集』は一九年に創刊。二一年に民衆詩派系の詩人に対する反発から、北原白秋、日夏、西条、柳沢、山宮、茅野蕭々らが脱退。会の機関誌として『日本詩人』(一九二一―一九二六年。通巻五九冊、新潮社)を発行

新詩会……北原や西条らは「詩ではなく散文的である」として民衆詩派に反発し、詩話会を離脱して一九二一年に「新詩会」を結成。

詩人会……井上康文も詩話会から分化する形で「詩人会」を設立、新人の作品発表の場を兼ねた機関誌『新詩人』を発行した。

『新詩人』……一九二一―一九二四年まで井上康文が刊行した民衆詩派の詩誌。高村、尾崎も寄稿。

白樺派……一九一〇年に創刊された文芸同人雑誌『白樺』に拠った同人たち、武者小路実篤、志賀直哉、有島武郎、有島生馬、里見弴、長与善郎ら学習院出身者を中心に興された。一九一九年の「白樺十周年」記念写真には高村、尾崎、柳宗悦、バーナード・リー

チ、岸田劉生も写っている（p61参照）。自然主義に対し個性の自由・尊重をめざし，理想主義・人道主義を基調とする傾向で大正初期の文学・芸術の大きな潮流をなした。

雑誌『白樺』……一九一〇年四月に創刊され、一九二三年八月に廃刊した文芸雑誌・美術雑誌。白樺派のメンバーが集い、岸田劉生が表紙装丁を担当。その他の主要なメンバーに、柳宗悦、園池公致、児島喜久雄、郡虎彦ら。高村、尾崎、高田らも寄稿。全一六〇号が発刊され、関東大震災の影響により廃刊。

高村・尾崎・高田と『白樺』の関わり……高村＝一九一〇年四月に『白樺』が創刊、武者小路実篤らとの交友も始まり「ロダンの言葉」、ホイットマン『自選日記』訳などを寄稿。

同時期の尾崎は、一九一六年赤坂の長与善郎の家に寄宿し、千家元麿、岸田劉生、木村荘八らを知る。犬養健、松方三郎らと親しむ。ロラン「今日の音楽家」の翻訳を一九一七年まで『白樺』に連載し、一九一六年十二月『近代音樂家評傳』として洛陽堂より刊行。

高田博厚は、尾崎の紹介で一九二一〜一九二二年、「ミケランジェロの手紙」を『白樺』に十三回連載。

高村・尾崎とその周辺の詩誌……『大街道』『東方』『自由漁夫』『待望』など。詳しくは

「ロランと光太郎をめぐる人々」の主要事項解説p153「ロラン・高村・尾崎をめぐる同人詩誌の動向」を参照。

琅玕洞……明治四十三年（一九一〇）開廊。前年七月にフランスから帰国した高村と弟の高村道利が東京・神田淡路町に開廊した日本初の近代的ギャラリー。

柳敬助と『紫とピンク』……白樺派の肖像画家として知られる柳敬助は、東京美術学校西洋画科で黒田の指導を受け明治三十六年に中退。同年、渡米し洋画を学ぶ。米で荻原守衛、高村光太郎と知り合う。その後、ロンドン、パリに渡り、明治四十二年に帰国。大正十二年五月に病で亡くなり、同年九月、東京三越での追悼遺作展覧会初日に関東大震災に遭い、没遺作の大半を失った。多くの肖像画を描き、作品、写真のみ残っているものも含めて、没後六十年記念展が昭和五十六年に長野県安曇野の碌山美術館にて開催され、同館から『柳敬助集　作品とその生涯』が出版された。これには北川太一氏も深くかかわっている。水野葉舟の長女・実子の幼女時代を描いた作品写真（のみ現存）『紫とピンク』も収録されている。この題名は、高村光太郎の命名による。

高村光太郎・水野葉舟・水野（尾崎）実子・江渡狄嶺および尾崎喜八の関わり……杉並高井戸で実験的な農園を開いていた哲学者・江渡狄嶺の「三蔦苑」を舞台にした新しい文学者・芸術家・教育者・農民・実業家などの出入りは広く頻繁だった。白樺派とも重なる新しい自由な日本の可能性を、芸術家も社会運動家も教育者も出版人も見ていた。本文「三三月二十日」「四　みいちゃん」「五　私たちの本」にあるように、とりわけ、江渡、水野、高村との関わりは、深く緊密だった。尾崎の関わりはそのエピソードの一つだったが、尾崎の深入りと水野の娘・実子との結婚は、まさにその人脈の真ん中に飛び込んだものだったという図式を念頭に、この「聖母子像」をめぐる文を読んでいただくと、激しい人の出入りに整理がつく。

尾崎については①高村への親炙から近くの本郷片町に住み、高田博厚と出会い、②高村に連れられて平塚村下蛇窪の水野葉舟を訪れ、娘・水野実子と出会い、③水野家に近い一軒家に引越し、④やがて高村・水野との関係から江渡を知り、④関東大震災を契機に父と和解して江渡家も近い上高井戸に新婚の新居を建てる……という人と土地の動きである。この四人の動きの外側に、水野とともに心霊科学を研究した英文学者野尻抱影、自由教育の玉川学園、「ロマン・ロランの会」の文学者、芸術家（杉並に住んだ高田博厚、片山敏彦）、また「可愛御堂《かわいみどう》」に関わった江渡、水野、高村の知人たち（平凡社下中弥三郎など）の輪が形成される。そうした図式によって文中の人名は整理づけられる。

文中にはないが重要な可愛御堂とは、早逝した子供を弔う御堂のことで、三蔦苑内に江渡の長男の遺骨を納める「御堂」を作ることを発端として、江渡・水野が中心になって発起されたもので、江渡が下中など知人の子供たちの遺骨をあずかり管理して、親たちが集まり、詠歌を歌って子供たちの慰霊をする私的な施設であった。御堂の設計を高村が、親が集まり子供を供養する際の詠歌の作詞を水野が担当するなど三人が深く関わった。水野は自分の庶子さわ子の遺骨をここに納めている。その娘は、杉並に越す直前の尾崎と実子の元で暮らしていて、実子に看病され息を引き取った子だった。

以上のことを、本文中の江渡、水野、高村、尾崎の関わりを読む上で参考にされたい。

「愛と創作　その詩と真実」

高橋元吉……明治二十七—昭和四十年（一八九三—一九六五）・大正〜昭和の詩人。前橋市の大手書店・煥乎堂社長。尾崎と前後して同じ三省堂器械標本部で働き親しくなる。高村とはメーテルリンクなどの翻訳を通じて親しみ、その人脈に連なった。

三省堂器械標本部……大正初期、尾崎、高橋元吉が勤務した。尾崎はここで星座表、望遠鏡、顕微鏡、植物採集機器などに触れ、高村らの自然観察に助力した。（p.179「補足　光太郎向学」参照）

「中年のおもかげ（抄）」……尾崎が戦後高村の思い出の短文を集め、再構成したもの。次項でたびたび引用されるこの「中年のおもかげ」は、『尾崎喜八資料』第16号に掲載されたもので、尾崎が高村と出会った頃の思い出を集め、つなぎあわせた一文である。北川氏は読者が『資料』の購読者で「中年のおもかげ」をすでに知っていることを前提として書いているので、ここで現在の読者のためにそれを補う。その構成は、前文が尾崎も編集委員の「高村光太郎全集」の完了後に、続いて「高村光太郎研究」を出版するので「高村光太郎の人間像」という一文を求められて困惑し、その責を果たすために過去に書いたいくつかの文を「寄せ集める」という前置き。次の(1)が「其頃」(『詩人の風土』昭和十七年所収)を推敲したもので、本文中にある「フューザン会」や初対面の思い出。(2)の前半は、高村のアトリエを訪問した思い出「初めて見たアトリエ」(後に『私の衆讃歌』昭和四十二年所収)にあたる(『尾崎喜八資料』16号、嘉納忠明氏調べ)。文章全体は、草野心平編『高村光太郎と智恵子』(筑摩書房、昭和三十四年)に収められた。

ロマン・ロランと『ジャン・クリストフ』……ロランはフランスの小説家、評論家。理想主義的ヒューマニズム、平和主義、反ファシズムを掲げて戦争反対を世界に叫び続け、国際的に多くの知友を持った。ベートーベンをモデルにした大河小説『ジャン・クリストフ』をはじめ、ヒューマニズムの立場にたった作品を発表した。本文中にあるように、大正二年、前年完結したばかりの「ジャン・クリストフ」を高村が抄訳したものを読んだ尾崎が感激して、高村と出会う契機となった。

「ロランと光太郎をめぐる人々」

p99 扉写真……「ロマン・ロランの会」によるシャルル・ヴィルドラック夫妻訪日歓迎パーティ。大正十五年日本橋ソーダファウンテンにて（撮影者不明）。前列右から、「高田博厚、ヴィルドラック夫妻、倉田百三夫妻。後列右から、尾崎喜八、吉田泰司、上田秋夫、片山敏彦、高村光太郎、今井武夫」（写真裏に書かれた尾崎自筆の覚書より）。

この「ロマン・ロランの会」は、後に同年一月に発起したとされているいわゆる「ロマン・ロラン友の会」とは別の会である。（出典『尾崎喜八資料』10号p30。嘉納忠明「解題」）。北川氏の本文、後述するWikipediaの片山記事では不分明である。

萬　鐵五郎……明治十八～昭和二年（一八八五―一九二七）。大正～昭和初期の洋画家。

黄《こう》　瀛《えい》……（光緒三十二）明治三十九～平成十七年（一九〇六―二〇〇五）。中国の詩人、軍人、教育者。中国人の父を失い日本人の母と来日。草野心平と親しく「銅鑼」同人として活躍する。

エミール・ヴェルハーレンと高村・尾崎……十九世紀後半から二十世紀初頭のベルギーの詩

人・劇作家。フランス詩壇で活躍し、ヴェルレーヌ、ランボーらとともに象徴派の一翼を担った（wikipedia）。大正期から日本でも知られ、高村、尾崎ともに大正・昭和初期・戦後まで多くの訳詩がある。

メーテルリンクと高村・尾崎・水野葉舟・高橋元吉など……メーテルリンクはベルギーの象徴主義の詩人、劇作家、随筆家。ヘントの裕福な家庭に生まれ、パリで象徴主義の影響を受けて詩作、劇作、神秘的な象徴劇を発表。戯曲『マレーヌ姫』『ペレアスとメリザンド』や、幸せの象徴・青い鳥を探す神秘的な児童劇『青い鳥』などで知られる。今日では花・植物・ミツバチなどの生活を、博物学と神秘思想の視点から描いた著書群が愛読されている。詩・博物学の文脈では高村・尾崎・高橋元吉、神秘・心霊研究の文脈では水野・野尻抱影・片山敏彦と近いが、それらを含め、彼の影響は、高村・尾崎らの交友範囲全体に及んでいた。しかしロマン・ロランのようにヒューマニズムの強い思想的な引力をもって近代日本の知識人層・芸術家の心を捕らえるタイプの作家ではなかった。なお、野尻の弟・大佛次郎は、上記の交友関係もあってか、ロランの著書の翻訳権を野尻からの慫慂もあって尾崎から友愛的に譲られている。尾崎は、戦後の昭和二十一年になってもメーテルリンク『悦ばしき時』

（冨岳本社）を、片山は二十七年に『貧者の宝』（新潮文庫）を翻訳している。

ロラン・高村・尾崎をめぐる同人詩誌の動向……大正末・昭和初めからロマン・ロランへの親近をもとに高村・尾崎・片山らによる雑誌『大街道』（一九二四年）、尾崎の編集で高村らも加わった同人誌『東方』が生まれた。同時期、尾崎には、個人雑誌『待望』（昭和二年）、尾崎喜八個人雑誌『自由漁夫』（昭和四年）がある。『東方』全八冊は昭和五六年に『待望』を特別付録に加え、北川太一氏の解説を付して復刻された。

ロマン・ロランと高田博厚・片山敏彦……**高田博厚**は高村光太郎、尾崎喜八と交友し、白樺派から芸術的出発をした彫刻家、思想家、文筆家、翻訳家。その経緯からロダン、ロランからの影響を深める。31歳で渡仏し、新聞記者としても戦後までフランスに滞在。ロラン、ルオー、アラン、ロダン、マイヨールなど欧州の知識階層と交流した。

片山敏彦は詩人、文学研究者、ドイツ・フランス文学者、翻訳家。ロラン、ヘッセ、リルケ、ハイネ、ゲーテらの翻訳も多い。一九二一年、東京帝国大学独逸文学科に入学のころ高田博厚、高村光太郎、尾崎喜八らを知る。高村、高橋元吉、高田、尾崎らと雑誌『大街道』を創刊し、一九二五年、ロランとの文通を始め、前記の人々と『ロマン・ロラン友の会』を作る。一九二九〜一九三一年、渡欧してロランを訪ねて知遇を得た。一九三一年、渡仏し、高田博厚をロランに引き合わせる。

銅鑼《どら》……草野心平が大正十四年（一九二五）広州でガリ版刷りの同人詩誌『銅鑼』を創刊。本文p140にもあるように、三号からは帰国して九段の黄瀛の下宿で発送された。この雑誌の四号以降には、高村、尾崎、宮沢賢治が寄稿している。宮沢は殆ど毎号作品を寄せている。編集者・草野心平、発行・手塚武、同人に壺井繁治、岡本潤、宮沢賢治、黄瀛、尾形亀之助、サトウハチロー、石川善助らがいた。草野はその後中原中也らと詩誌『歴程』を創刊し、そこには、高村、尾崎ともに参加している。

第二部　配達された「五月のウナ電」

配達された「五月のウナ電」

ヘラクレス星座 著版 山室眞二

五月のウナ電

高村光太郎

アアスキヨク」ウナ」マツ」
アヲバ　ソロツタカ」コンヤノウチニケヤキ
ハヲダ　セ」カシノキシンメノヨウイセヨ」シ
ヒノキクリノキハナノシタクヨイカ」トチノキ
ラフソクヲタテヨ」ミヅ　キカササセ」ゼン
マイウヅ　ヲマケ」ウソヒメコトヒケ」ホホジ
ロキヤウヨメ」オタマジ　ヤクシハアシヲダ
セ」オケラナマケルナ」ミツバ　チレンゲ

サウニユケ」ホクトウノカゼ　アメニユダ　ン
スルナ」イソガ　シクテユケヌ」バ　ンブ　ツ
イツセイニタテ」アヲキトウメイタイヲイチメ
ンニクバ　レ」イソゲ　イソゲ　」ニンゲ　ン
カイニカマフナ」ヘラクレスキヨクニテ」

＊　冒頭の挿絵は発表誌「スバル」のカット
（木下杢太郎作）の山室眞二による模写。

解説

北川太一

高村光太郎の詩「五月のウナ電」は昭和七年五月十日に作られ、七月一日に発行された『スバル』の第四巻第二号に発表されたまま、生前どの詩集にも収められませんでした。この雑誌は吉井勇が『相聞』という名で始めた月刊の歌誌で、途中から誌名を改め、季刊誌に変りました。相聞社の仲間の歌は別として、新詩社系の歌人や詩人、小説家などを動員し、この号にも永井荷風の俳句を巻頭に光太郎の詩、吉井勇の随想や歌、小杉放菴の短歌、与謝野寛の詩などが載り、木村荘八や木下杢太郎のカットで飾られています。装丁を受け持ったのも荘八でした。経済や農村の恐慌におののく世相にむしろ反発して、当時で言えば、吉井らしい手のこんだ、厚手の和紙に刷ってある高踏的な雑誌です。しかしここではこれ以上、発表の舞台にこだわる必要はないでしょう。

*

生き物のいのちの一斉に燃え立つこの国の初夏に居て、いま宇宙の彼方、遠いヘラクレス局から電報が届いたのです。ヘラクレスはギリシャ神話の無双の英雄。その名を冠するヘラクレス星座は、五月一日午後七時に北東地平に姿を現わします。アアス局に送られたこの電信の「ウナ」は至急電報の略号。「マツ」は電信局から一里以遠の地にも配られる有料の「別便配達」の指定です。電報を読めばすぐ分かるように、これは地球上の特定の誰かに宛てられたものではなく、からだの奥底から疼く自然にうながされて、いままさにその手足を天にむかってのばそうとする、すべてのいのちあるものに呼びかけるのです。

命令口調のように見えますが、手を挙げて合図をするのは、実はもっと身近な、激動し苦悶する時代の中に生きようとする、いじらしい仲間たち。彼らへの親愛をこめた激励の挨拶です。その挨拶はまず広葉の木々の青葉や芽立ちや花芽たち、欅や樫や椎や栗、椽や水木や、渦巻きはじめたゼンマイなどの草々にまで向けられます。立て続けに繰り出される草木の名前の韻律は、全く勢いこんだ自然の急調子そのままに、生き生きと耳に快く響きます。そしていちめんにロウソクを立て連ねたような橡の新芽や、水木のそれこそ傘さすような散型花序も目に見えるように描き出すのです。勿論まなざしは、かつて木彫制作に心を傾け、「山の鳥うその笛ふく武蔵野の明るき春となりにけるかも」とうたった鶯の、赤い胸に抱く姫琴を奏でるような歌声にも、人によっては「一筆啓上」と聞き取る頬白のいのちを称える春の囀りや、蝌蚪の足のふくらみ、地を耕すおけらの目覚め、忙しそうに蓮華畑を飛び回る蜜蜂の巡礼、小さな生き物たちにも例外なしに注がれます。みんな生き生きと働くものたちです。そして用心を促します。そんないのちの成育を阻害する、例えば時ならぬ北東の寒風、あるいは豪雨。しかし何があろうとも、頼むのは自分の力。自分を信じろ。助けを頼るな。思いおもいにそのいのちを燃やせ。そんな皆に杉や檜や、衣替えした針葉樹林の緑まばゆい木々たちよ、めぐりあふれる透明な樹液、爽やかな芳香族の樹脂の香りで世界を満たせ。急げ、急げ、急いで力を蓄えろ、激しい風雨は明日にも来る。まして人間界のどさくさに、大事ないのちをそこなうな。

「アオキ」はここでは日本語のアオキバからきた Aucuba の属名と、japonica の種名を持つ雌雄異株の常緑低木、庭木にもよく見られるアオキを指すのではないでしょう。冒頭の闊葉の「アオバ」に照応し、時には「くろ木」、また「あお木」と呼ばれるのは常緑針葉樹林の総称です。そして初夏五月にそれはまさに「あお木」と呼ばれるにふさわしく、緑に輝き、テルペン系の芳香をまき散らすのです。

＊

さてこれでおおよそ言葉を追って、その電文の意味を読み解いたことになるでしょうか。しかしそれではこの詩の背景を必ずしも読み取ったことにはなりません。この詩の直前の詩「もう一つの自転するもの」が作られたのは、四月二十五日のことでした。そこにはこんな詩人の思いが述べられています。

もう一つの自転するもの

春の雨に半分ぬれた朝の新聞が
すこし重たく手にのつて
この世の字画をずたずたにしてゐる

世界の鉄と火薬とそのうしろの巨大なものとが
もう一度やみ難い方向に向いてゆくのを
すこし油のにじんだ活字が教へる

とどめ得ない大地の運行
べつたり新聞について来た桜の花びらを私ははじく
もう一つの大地が私の内側に自転する

「とどめ得ない大地の運行」という詩句や「もう一つの大地が私の内側に自転する」という詩句はそのまま、二週間ほどあとで作られた「五月のウナ電」の底に、激しく音立てて流れ込むのです。時代はまさに、歴史を押し流す人間の欲望の、因果律のように巨大な手があやつる鉄と火薬の力学で、朝の新聞の平和な日常の紙面をずたずたに引き裂くのです。べったりついて来た桜の花びらをはじく高村さんの指先がさし示すのは、いったいどんなもう一つの世界なのでしょうか。

＊

事ははるか以前からきざしていました。たとえば「五月のウナ電」のなかに何気なく置かれた「ホクトウノカゼ　アメ」という言葉は、高村さんの読者には、たちまち昭和二年秋に作られた同じ題名の詩「北東の風・雨」を思い起こさせます。北東の風・雨にぬれながら、迫り来る動乱の嵐に立ち向かおうとする詩人の決然たる意思が、そこではむしろ快活にうたわれるのです。

北東の風・雨

軍艦をならべたやうな
日本列島の地図の上に、
見たまへ、陣風線の輪がくづれて、
たうとう秋がやつて来たのだ。

北東の颪、雨の中を、
大の字なりに濡れてゐるのは誰だ。
愚劣な夏の生活を
思ひ存分洗つてくれと、
冷冷する砲身に跨つて天を見るのは誰だ。
右舷左舷にどどんとうつ波は、
そろそろ荒つぽく、たのもしく、
どうせ一しけおいでなさいと、
そんなにきれいな口笛を吹くのは誰だ。
事件の予望に心はくゆる。
ウエルカム、秋。

陣風線はしばしば突風を伴う寒冷前線のことです。昭和十九年の詩集『記録』に収めた時、高村さんはこの詩にこんな自註を添えました。

昭和二年九月作。大正の末から昭和へかけての社会一般の不安状態は戦慄に値するものがあつた。アメリカ主義の利潤追及熱と、ソ聯マルクス主義の階級意識とが日本朝野の間にはげしい攻勢をとつて浸潤して来た。「資本論」の定訳が普及せられ、一方芥川龍之介全集の刊行が着手されたのも此年である。

芥川はこの年の夏七月二十四日、「漠然たる不安」にかられて自殺しました。

＊

「世界平和の日」というアンケートに答えて高村さんが

御質問の第二十一世紀を迎へる迄に世界平和の日が来り得ると思ふかどうか、といふ事については、遺憾ながら、来ないであらうと思ふ方に私は傾いてゐます。世界平和の日を翹望するにつけても、人類進化の遅々たるを痛感します。人類同志の偏見に勝ち得る人類総体のもう一段の進化にはどの位の年月を要するでせう。一寸想像もつきません。

と答えたのは前年正月のことです。「進化」という言葉には、高村さんの痛いほどの想いが凝縮しているようです。高村さんは木彫小品の世界を通して、身辺の小さな生き物たちのいのちの輝きを造形する一方、人間社会の矛盾を激しく撃ち、抗議し、自らの意思を確認する一群の詩作「猛獣篇」の時代にありました。自由な行動や考え方を抑圧しようとする力は世界でも日本でも、急速にその横暴さを加えていたのです。

みんなが長い間望んでいた普通選挙法が女性や貧しい庶民を置き去りにして成立したのと抱き合わせに、治安維持法が公布され、それによって人々の自由が束縛されたのは大正十四年のことでした。しかしそれも束の間、昭和三年にはいったん廃案になったその改定が緊急勅令という強引な手段で成立し、適用範囲を無限に拡張して、最高刑に死刑まで加えられるのです。それによって多くの人々が牢獄に繋がれ、結局戦争に反対する手段は封殺され、以後の戦時をつうじて自由な発言は閉ざされます。

高村さんが自由を奪われた人間を、動物園の狭い檻に閉じ込められたぼろぼろな駝鳥に譬え、憤りをこめて「これはもう駝鳥ぢやないぢやないか。／人間よ、／もう止せ、こんな事は。」とうたったのはその直前のことです。

高村さんの詩から「猛獣篇」がいったん姿を消し、美に憑かれて生き、死んだ芸術家の宿命が哀惜をこめて歌われ始めるのも、そんな時期です。

以後「五月のウナ電」が書かれるまでの、高村さんの心情を記録する沢山の詩をたどるだけでも、世界や日本の激動する時代の様相は、その中で生きた人間にとって胸にひびきます。軍縮会議という名のもとに、戦争は着々と準備され、昭和六年には経済や農村の恐慌が最悪に達します。そして九月には満州進出を企てる関東軍の謀略、満州事変が始まるのです。凶作飢饉も東北・北海道を襲い、娘の身売りや児童の欠食が日々の新聞紙面を賑わせました。芽吹くいのちへの賛歌には、実は人為に起因するかも知れないそんな天変地異に生きる、自然への信頼と祈りさえ感じられます。

昭和七年一月に、軍部が起こした上海事変は、中国軍の強い抵抗にあって、五月五日には停戦協定が結ばれました。「五月のウナ電」が作られたのはその五日後だったということを、記憶して置いてもいいでしょう。その前後の日本の政治的状況は異常です。二月には前大蔵大臣の井上準之助が、三月には財界の指導者団琢磨が右翼の秘密結社血盟団に暗殺され、詩の出来た直後に起こった五月十五日の海軍急進将校を主力とする杜撰なクーデターは、しかし首相犬養毅を射殺して、政党政治に止めをさします。

そして歴史は日中戦争、第二次世界大戦、太平洋戦争へと動いてゆくのです。

「五月のウナ電」にいたるこの国の状況をくどくどと点検して来ましたが、この詩を書いた時に高村さんが置かれていた時代の雰囲気は、およそわかって頂けたでしょうか。それにもかかわらずこの詩がこんなに鮮やかなイメージを持ち、明るい勇気を与えてくれるのは、それが困難な時代を生きる、いのちあるものへの、限りない共感に裏付けられていることも。目を見開けば、そんな生命阻害の理不尽な状況は、いまも周囲にみちみちるのです。

＊

それでは、高村さんに「五月のウナ電」に続くどんな詩があったのでしょう。いいえ、詩はこれで途切れるのです。正確にいえばこの詩に続いて、昭和九年(一九三四)十月三十一日に書かれた『藤島武二画集』へのわずか六行の序詩がありますが、これは恩師の画集への丁重な挨拶にすぎません。その草稿の余白には、鉛筆で漢字、平かな、カタカナ入り交じりのこんなメモが書き付けられています。

「三二年より三四年ニ至ル間智恵子の発病あり、詩作なし」。この時、すでに「人間界の切符を持たない」智恵子は、母のいる九十九里海岸に重いこころの障害を養っていたのです。

そしてその次にくるのは、「五月のウナ電」から二年半の時を隔てた、昭和十年一月二十二日の「人生遠視」なのです。

人生遠視

足もとから鳥がたつ
自分の妻が毒をのむ
自分の妻が狂気する
照尺距離三千メートル
ああこの鉄砲は長すぎる
（初出形）

共に生きる智恵子の精神に異常の兆しが初めて見えたのは昭和六年夏。昭和七年七月十五日にはアダリン自殺未遂というアクシデントが起りました。福島県で手広く酒造業を営んでいた智恵子の父長沼今朝吉が、大正七年に亡くなって以来、弟が継いでいた家業の不振や、弟と母たちとの不和から、郷里の家はいつしか智恵子の憩うべき場所ではなくなってゆくのです。その家も徐々に人手にわたってついに破産、一家が離散するそんな過程が、「五月のウナ電」制作までの状況にかさなっています。そして智恵子の発病とその後の経過が、まさに「五月のウナ電」前後の高村さんの心を占めるのです。

木の芽時はときに病めるこころの更なる不安定を誘います。「イソガ シクテユケヌ」の電文には、どんな高村さんの思いが、危うく支える痛みが、匿されていたのでしょうか。

＊

大正二年三月、高村さんは智恵子に贈った詩「人類の泉」の中でうたいます。

…………
青葉のさきから又も若葉の萌え出すやうに
今日もこの魂の加速度を
自分ながら胸一ぱいに感じてゐました
そして極度の静寂をたもつて

ぢつと坐つてゐました
自然と涙が流れ
抱きしめる様にあなたを思ひつめてゐました
…………
私は自分のゆく道の開路者《ピオニエエ》です
私の正しさは草木の正しさです
ああ　あなたは其を生きた眼で見てくれるのです
…………

視点を反転すれば、「五月のウナ電」でうたわれた生き物たちは、むしろ光太郎や智恵子自身だったのでしょう。草木は外界にあって自分達を取り巻く賛嘆すべき自然であるだけではなしに、同じ根源的な原理に生きる内側のいのちの象徴。詩作は現実社会の困難な状況に拮抗して、自らのありようを確かめ、奮い立たせる、そんな不可避の作業でもあったに違いありません。

（平成十六年三月八日）

制作覚書

山室眞二

染織家の志村ふくみ先生と小さな本を作りましょうということになって、二〇〇二年九月、はじめて京都の工房へ伺いました。嵯峨嵐山駅から歩いて十分ほど、愛宕神社の横を曲がった閑静なお屋敷が並ぶ道で、地図を頼りに探し歩いていると、人気のない道に突然「はたり、はたり」という機の音が聞こえてきました。音は、倉造り風の白い家の二階から聞こえ、あたかも志村先生が「ここですよ。」と呼んでおられるようでした。

その日は、本造りの打ち合わせというよりいわば初対面のご挨拶の積りでしたが、志村先生は旧知のようにとても気さくに、草木のいのちをいただくことだという染めの世界の神秘なお話や、時々行かれる山の家での小さな生き物たちとの交流のことなど、面白いお話を沢山聞かせて下さいました。

緊張で汗びっしょりの訪問でしたが、帰りの道は、私の体の中に何か温かいものが生れたような、とても希望に満ちた気持ちになっていました。

それから、本造りの内容がかなり具体化した十月、今度は志村先生が横浜のカルチャーセンターで高橋巖という人との対談に来られた折、本にする裂を持参していただきました。その時も、どうしたら色と色とのうまい組み合わせが出来るのかというお話やゲーテの色彩論やシュタイナーのことなど、いろいろと興味深いお話を伺いました。そしてその中で、どういう拍子であったのか、高村光太郎の詩の中に電報スタイルの詩があり、それはわくわくするようなとても面白い詩なんですというお話がありました。

以来、何故か電報スタイルの詩が気にかかるようになり、早速、光太郎研究の第一人者である北川太一先生にお手紙で伺ってみました。折り返し先生から、それは「スバル」に発表された「五月のウナ電」であろうと、古びて茶色くなった「スバル」のコピーまで添えて教えていただきました。電報スタイルということだけでも面白いと思ったのですが、詩そのものも志村先生が話されていたように、読むものにも元気を与えてくれる詩でした。これはいずれ私の本造りに加えたいと思いましたが、どのような本に仕立てたらよいか、あれこれ思案している内に一年余りの時が過ぎてしまいました。そんな折、今年の二月、尾崎喜八の蠟梅忌の会場で、北川先生から「『五月のウナ電』の解説のようなものを書いてみましょうか」とお話があり、本造りが急進展することになりました。

＊

この本はこうした経緯で生まれたもので、きっかけを作って下さった志村ふくみ先生、解説をお書き下さった北川太一先生、そして快く引用をご承諾下さった高村規様に厚くお礼申し上げます。

（二〇〇四年四月）

補足

『光太郎向学』

尾崎喜八

私は高村光太郎さん夫妻の家庭への、ささやかな理科知識の伝達者だった。もちろん詩の上では高村さんは私の先輩にちがいないが、植物や動物や天文や気象などの事になると私のほうが先生で、そう言っては悪いが、何でも知っていたようにみえる高村さんが、その方面ではほほえましくも無知だった。

大正十三年から昭和の初めのころ、私はその時分まだ全くのいなかだった杉並の上高井戸に住んでいた。小さな家だが、自分で建てた新しい住まいで、まわりは広々と畑や林にかこまれていた。晴れた昼間は家の中から遠く丹沢の山々や富士山が見え、しんとした夜ふけには遙かな荻窪駅あたりを通る中央線の長い貨物列車の音がきこえた。

そんな田園的な環境だったから、好きな自然観察の材料は身のまわりから無限にひろがっていた。草木はもとより小鳥も虫も、昔ながらの武蔵野に期待されるものは何でもいたし、何でもあった。そして昼間の空には、十種の雲級はおろかあらゆる形の雲が現われ、夜の天にはそれぞれの季節の星が強くこまかくきらめいた。そういうさまざまな話を私はよく東京駒込の高村さんのアトリエへ持ちこんだ。本人の高村さんも一応はおもしろそうに聴いてくれたが、「東京には空がない」と嘆いた智恵子さん、そのころまだ頭をおかされていなかった智恵子さんは、目を輝かせ、膝の上の手を握り合わせて、それでも慎しみを忘れずに、私の自然の話に聴き入った。

そういう高村さんのところへ、ある日私は三省堂から出たばかりの「星座早見」を持って行った。見上げる天の四方位と夜の時刻とを刻んだ楕円形の窓のあいている上の円盤と、一年の十二か月とその各十日とを刻んだ下の円盤とを回転しながら合わせると、ある月のある日ある時刻に、北緯三十五度の地点から見える星座の形とその名とがぴたりとわかるという仕掛けである。今ならば珍らしくもなんともないが、当時は天文好き星好きの人たちに迎えられ、喜ばれた。そのころやはり自然の好きだった今日の野鳥研究の大家中西悟堂君は、私からこれを借りると半月もかけず、実物そっくりのものを手ずから作った。

この贈り物には高村さんも喜んだ。それより数年前彼はアメリカの詩人ウォルト＝ホイットマンの「自選日記」という本を翻訳し出版した。その厖大な日記の後半には自然のことを書いた部分が多いので、私はたびたび理科関係の訳語の相談にあずかったが、星座や星の名もたびたびその中へ出てきた。そういう時のホイットマンの文章がすばらしいので、それ以来高村さんは夜空を飾るあの宝石たちにかなりの興味を持ったらしい。しかしいくら閑静な駒込とはいえやはり建てこんだ町なかだし、近くに気の合った同好者もいず、初心の者に適当な手引きの本もないとすれば、せっかく芽ぐんだ天体への知識欲がいつしかしぼんでしまったとしても是非がない。ところがそこへこの「星座早見」だった。消えかけた火はかき立てられた。

十一月のある日、私は高村さんから一枚の葉書を受けとった。いつものように立派な書体で、走り書きが一層美しかった。
その葉書は戦災で焼いてしまったが、大体こんなことが書いてあった。「星座早見、本当にありがとう。雲さえなければ毎晩見ている。月日と時刻を合わせるとチャンとわかるのだから鬼に金棒。ところがその金棒ならぬ電柱へ、昨夜おでこをしたたかぶつけて大痛事。天頂近いケフェウスの星座の形がどうもはっきりしないので、真上を向いて頭を回しているうちにグラリとよろけて倒れかかったという始末です。しかし心配御無用。そのうちに赤羽台へエリダヌス（星座の名）という長い奴を見に行きます。」

（原色現代新百科事典第5巻月報第5号1968年1月「人物小伝」）

北川太一（きたがわたいち）略歴

大正14年（1925）3月、東京日本橋生まれ。昭和12年（1937）東京府立化学工業学校に入学。同学年に吉本隆明がいた。昭和17年（1942）産業技手補として丸の内で働き、夜は飯田橋の東京物理学校(現・東京理科大学）に通う。

出征後、昭和20年（1945）海軍技術少尉として愛媛県宇和島で敗戦に遭う。焼土と化した東京に戻り、その年の秋には俳句集「研叩帳」、詩集「焔」（ともに私家版）をつくる。

戦後は東京工業大学の大学院で学び、研究室は異なるが吉本隆明と高村光太郎について語りあう。昭和27年（1952）秋に晩年の光太郎を中野に訪ね、亡くなる昭和31年（1956）まで親交を重ねる。この折りに草野心平を識る。また都立向丘高等学校定時制教諭として40年近い歳月を過ごすかたわら光太郎没後、『高村光太郎全集』編纂の実務を手掛けた。草野心平らと共に、光太郎の業績を後の世に残すことに邁進し、連翹忌の世話人、『高村光太郎全集』(筑摩書房)、『高村光太郎　書』（二玄社)、『高村光太郎　造型』(春秋社)、『高村光太郎全詩稿』(二玄社)、『新潮日本文学アルバム　高村光太郎』(新潮社）などの編著を持つ。 昭和60（1985）年の「尾崎喜八資料」刊行に伴い、高村光太郎と尾崎喜八、尾崎実子の関わりを大正初期まで遡って寄稿し、同誌の進展に大きく寄与をした。令和2年（2020）1月12日逝去、享年94。なお光太郎の命日、4月2日に毎年催されている「連翹忌」及びその運営は平成24年（2012）より小山弘明に引き継がれている。尾崎喜八との交流は、本書にも書かれている。

（北川太一著『ヒュウザン会前後』（文治堂書店 2015）の略歴を参照しました）［石黒］

高村光太郎と尾崎喜八

発行　2025年4月2日
著者　北川太一
編・石黒敦彦
ブックデザイン　山室眞二
発行所　蒼史社
〒176-0013 東京都練馬区豊玉中3−8−16
TEL&FAX　03-6322-9261
E-mail　rs-soshisha@jcom.zaq.ne.jp
印刷・製本（株）文化カラー印刷
制作　シンジュサン工房
〒247-0055　神奈川県鎌倉市小袋谷2−21−30
Tel.& FAX　0467-45-8136
E-mail　snj-y@mail.goo.ne.jp

ISBN 978-4-916036-10-0

＊

カバー

ヴァンヌーボ　4/6　105K

表紙

ポルカ ソバ　4/6　90K

見返し

タント H－64　4/6　100K

本文

b7 ナチュラル　4/6　86K

＊